S'EXERCER en ANGLAIS 6e

Indispensable pour réussir en 6e

Céline Leclercq
Professeur d'anglais au collège

LAROUSSE

© Larousse, 2021
21, rue du Montparnasse
75283 Paris Cedex 06

ISBN 978 2 03 600357 6

Direction de la publication : Carine Girac-Marinier
Édition : Valérie Katzaros
Direction artistique : Uli Meindl
Mise en page : Isabelle Harnichard
Informatique éditoriale : Philippe Cazabet, Sharareh Maljaei
Fabrication : Maxime Mercier

Sommaire

You and I... Je révise les pronoms personnels sujets 4
To be or not to be... Je révise *be* au présent 6
Welcome to the United Kingdom! 8
A, an or Ø? Je révise les déterminants indéfinis 10
See the red letterbox? Je révise les déterminants définis 12
London, here I come! 14
A bus, two buses Je révise le pluriel des noms 16
I have got an idea! Je révise *have got* 18
London sightseeing bus tour 20
What's the date today? Je révise la date 22
What time is is? Je révise l'heure 24
Let's go to Hyde Park! 26
How old are you? Je révise les mots interrogatifs 28
Yes we can! Je révise les *Wh questions* et les *Yes-No questions* 30
Let's make scones! 32
Come and see me! Je révise l'impératif 34
There's a cat on the roof! Je révise *there* + *be* au présent 36
Madame Tussauds Museum 38
I want some cake! Je révise *some*, *any*, et *no* 40
Can you speak English? Je révise *can* 42
Arsenal Football Club 44
You musn't be late! Je révise *must* 46
I like superhero films! Je révise le présent simple 48
Buskers of Covent Garden 50
I love you! Do you love me? Je révise les pronoms personnels compléments 52
How much is it? Je révise les mots interrogatifs 54
Let's go shopping! 56
Taller, stronger, better! Je révise la comparaison 58
Whose bag is it? Je révise le génitif 60
Let's go to the museum! 62
Look at her hair! Je révise les déterminants possessifs 64
It is raining! Je révise le présent *be* + *ing* 66
Musicals in London 68
I was so happy to see you! Je révise *be* au prétérit 70
I visited New York! Je révise le prétérit 72
My plans for the future! Je révise le futur *be* + *going to* 74
Harry Potter tour 76
Corrigés 78
Phonétique 95

YOU AND I...

JE RETIENS

- Un pronom personnel sert à remplacer un nom pour éviter les répétitions.
- Voici les pronoms personnels sujets en anglais :

Je	*I*	Nous	*We*
Tu	*You*	Vous	*You*
Il	*He* (pour les garçons/les hommes)	Ils / Elles	*They*
Elle	*She* (pour les filles/les femmes)		
-	*It* (pour les objets ou les animaux dont on ne connaît pas le sexe)		

Alice *is French.* **She** *is French.*
The table *is black.* **It** *is black.*
Look at **the elephant**! **It** *is very big!*
My cat is big. **He** (si c'est un mâle) / **She** (si c'est une femelle) *is big.*

Remember!

On emploie *you* pour dire « tu » et « vous ».
Ainsi, il n'y a pas de « vous » de politesse en anglais.

1 Écris le bon pronom personnel sujet sous chaque image.

....

....

....

....

....

2 Relie les deux colonnes.

Queen Elisabeth •	
My friend and I •	• he
The giraffe •	• they
My two sisters •	• she
Barak Obama •	• we
My dog Snoopy •	• it
Lisa Simpson •	

Be careful!

Le pronom « on » n'existe pas en anglais. On utilise donc *we*.
We are angry!: On est en colère ! OU Nous sommes en colère !

JE RÉVISE LES PRONOMS PERSONNELS SUJETS

3 Lis cet email et souligne tous les pronoms sujets. Puis, relie par une flèche les pronoms sujets au mot qu'ils remplacent.

@

Hi,
My name's Dorothy. I'm 12 years old. I'm Irish. I have a sister. Her name is Mary and she is two years old. I have a brother too. He is fifteen years old. I love my brother and my sister: they are very funny. We live in London with our parents. They are very cool!
Write back soon!
XOXO
Dorothy

Help

sister: sœur
brother: frère
serious: sérieux, euse
funny: drôle
beautiful: joli(e)
tired: fatigué(e)

4 Entoure la bonne réponse.

1. Tyler is a serious student. He / She / It is very intelligent.
2. Cindy is my sister. It / She / He is very funny!
3. Listen to this music! We / It / She is beautiful!
4. My name is John. They / We /I am British.
5. My friends and I are from Los Angeles. They / We /I are American.

5 En t'aidant du vocabulaire de l'encadré, rédige une phrase par personnage pour indiquer sa nationalité.

Exemple : Fille / écossaise She is Scottish.

1. Fille / américaine 

.... is ....

2. Garçon / australien 

.... is ....

3. 2 filles / irlandaises 

.... are ....

4. "Hello, my name's Liam and…" / canadien 

.... am ....

5. "I am French and my friend is French too." 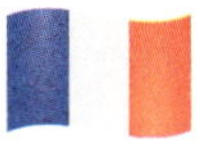

.... are ....

Nationalities:

French: français
English: anglais
British: britannique
Scottish: écossais
Welsh: gallois
Irish: irlandais
American: américain
Australian: australien
Canadian: canadien
South African: d'Afrique du Sud

TO BE OR NOT TO BE...

JE RETIENS

Be correspond au verbe « être » en français. Voici sa conjugaison au présent :

- **À la forme affirmative** :
I am
He / She / It is
We / You / They are

- A l'oral, il est souvent contracté :
I'm
He / She / It's
We / You / They're

- **À la forme interrogative**, il suffit d'inverser le sujet et le verbe.
She is tired: **Is she** *tired?* - Elle est fatiguée : Est-elle fatiguée ?
The car is blue. **Is the car** *blue?* - La voiture est bleue. La voiture est-elle bleue ?
You are French. **Are you** *French?* - Tu es français(e). Es-tu français ?

- **À la forme négative**, on ajoute la négation *"not"* après *be*, souvent contractée à l'oral *(n't)*.
He is intelligent: he is **not** *intelligent / he is***n't** *intelligent.*
We are tired: we are **not** *tired / are***n't** *tired.*

1 Complète avec «be» conjugué.

1. I …… happy.
2. He …… sad.
3. They …… tired.
4. She …… nervous.
5. You …… scared.

2 Entoure la bonne réponse.

1. I am / is / are hungry.
2. What am / is / are this? It is a pencil sharpener.
3. This actress am / is / are pretty!
4. King Charles III am / is / are the King of England.
5. My friends am / is / are really cool!

Help
pencil sharpener: taille-crayon
actress: actrice
pretty: jolie

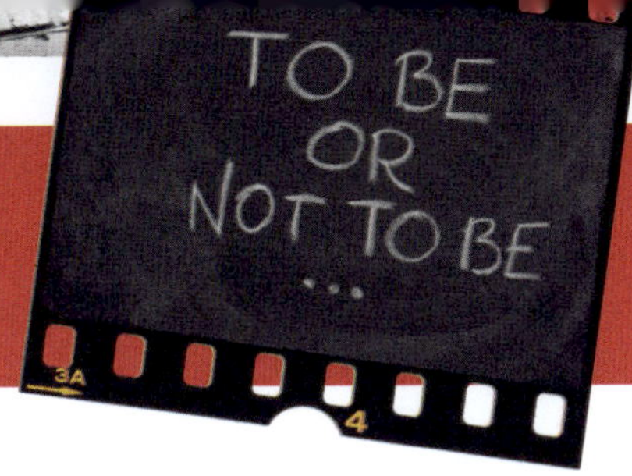

JE RÉVISE *BE* AU PRÉSENT

3 Observe les images et lis les phrases. Réagis comme dans l'exemple.

Exemple :

She is Australian.
She isn't Australian!
She is Canadian.

1. They are American.

.... !

....

2. He is ten years old.

.... !

....

3. She is angry.

.... !

....

4 Choisis la bonne réponse.

1. The cat ..... in the kitchen.

❍ are ❍ is ❍ am

2. My mother's on holiday, ... in New York.

❍ she's ❍ is ❍ are

3. The children ..... very happy, it's Christmas!

❍ you're ❍ is ❍ are

4. I need a drink, ... thirsty.

❍ I'm ❍ I have ❍ are they

Be careful!

On utilise be pour certaines expressions alors qu'en français, on emploie « avoir » :

I'm eleven years old: j'ai onze ans

I'm hot/cold: j'ai chaud/froid

I'm hungry/thirsty: j'ai faim/soif

5 Relie les phrases à leur traduction française.

She isn't French •	• Est-ce qu'il est australien ?
Are they French? •	• Elle est française.
We aren't tired. •	• Je n'ai pas soif.
Is he Australian? •	• Est-ce qu'elles sont françaises ?
I'm not thirsty. •	• On n'est pas fatigués.
She is French. •	• Elle n'est pas française.

Remember!

Avec I am, on ne peut pas contracter not : I am happy. I'm not happy.

WELCOME TO THE UNITED KINGDOM!

Vocabulary

flag: drapeau
map: carte
capital city: capitale
be part of: faire partie de...

1 Regarde le document.

Entoure Londres sur la carte. Coche la ou les bonne(s) réponses.

1. London is the capital city of ❍ Scotland ❍ Ireland ❍ England
2. The name of the river in London is: River _ _ _ _ _ _ (La Tamise in French)
3. The English channel is ❍ a sea ❍ a river ❍ a lake
4. In French, it is " La M_ _ _ _ _ " .
5. The British flag is ❍ blue ❍ red ❍ yellow ❍ white ❍ green

Le sais-tu ?

Le Royaume-Uni (The United Kingdom) se compose de l'Angleterre, du Pays de Galles, de l'Écosse et de l'Irlande du Nord. Le Royaume-Uni a quitté l'Union européenne le 31 décembre 2020. Sais-tu comment on appelle cette sortie ? C'est le _ _ _ _ _ _ .

2 Complète les phrases avec IS ou ISN'T.

1. Edinburgh .... in Scotland.
2. London .... in Wales.
3. Liverpool .... in England.
4. The United Kingdom ...... part of the European Union.

3 Lis le mail de ton correspondant.

@

Hello!
My name's Julian and I'm eleven years old. What about you? What's your name? How old are you?
I'm English and I live in London with my parents. Where do you live? Are you French?
I'm happy to see you soon!
Write back soon! 😊 😊
Take care!
Julian

Complète sa carte d'identité.

Name: ....

Age: ....

Nationality: ....

City: ....

Retrouve les expressions suivantes en anglais dans son mail.

Bonjour ! ....

Je suis content de te voir bientôt ! ....

Réponds-moi vite ! ....

Prends-soin de toi ! ....

4 Relis l'email de ton correspondant et réponds à ses 4 questions.

N'oublie pas d'ajouter les expressions ci-dessus.

@

He_ _ _! 😊 😊

My name.................... I .... years old.

I ....

....

Pour être plus fort(e) encore !
Révise le verbe BE à la page 6.

A, AN OR Ø?

JE RETIENS

Comme en français, il existe des déterminants indéfinis en anglais.

- **Au singulier** (un, une), on emploie le déterminant *a*. Il n'y a pas de genre (féminin ou masculin) en anglais.

a pet: **un** animal de compagnie - **a** *giraffe*: **une** girafe

- **Devant les voyelles** ou un « h » muet, on met *an* pour pouvoir faire la liaison à l'oral.

an *elephant*: **un** éléphant **an** *hour*: **une** heure

- **Au pluriel**, on ne met pas de déterminant, symbolisé ici par un zéro barré *Ø*, mais attention, on ne l'écrit jamais dans une phrase !

Ø *rabbits*: des lapins - **Ø** *elephants*: des éléphants

Be careful!

Il y a une exception. Devant le son "u", on met a et non an :

a unicorn: une licorne

a uniform: un uniforme

1 Choisis entre «a», «an» ou «Ø».

1. ......dog
2. ......hamsters
3. ......eagle
4. ......mouse
5. .....alligators

2 Relie les mots à leur traduction en français.

Elephants •	• Des chiens
An elephant •	• Un chien
A dog •	• Un chat
Dogs •	• Des éléphants
A cat •	• Un éléphant

JE RÉVISE LES DÉTERMINANTS INDÉFINIS

3 Entoure la bonne réponse.

1. I have a / an / Ø cats at home.
2. Look! What is it? I think it is a / an / Ø rabbit!
3. I am a / an / Ø American girl.
4. We are a / an / Ø Australian boys.
5. Peter is a / an / Ø serious student.

Vocabulary

student: élève/étudiant
want: vouloir
bird: oiseau
monkey: singe
horse: cheval
pig: cochon
ant: fourmi
owl: hibou

4 Classe les animaux/insectes suivants dans la bonne colonne.

birds
monkey
horses
pig
lion
zebra
ant
tigers
antelope
owls

A	An	Ø

5 Joue au professeur et corrige la copie !

Voici la copie d'un élève qui ne maîtrise pas encore très bien les déterminants. Entoure ses erreurs et corrige-les sur les pointillés si nécessaire. Mets-lui une note sur 5.

"I have a pets: I have an dog and a cat. I want rabbit but my mother is allergic!

....

What about you? Do you have pets?"

....

Mark: ...... /5

SEE THE RED LETTERBOX?

JE RETIENS

Comme en français, il existe des déterminants définis en anglais.

- Au singulier (le, la), on emploie le déterminant *the*.

the *rabbit*: **le** lapin - **the** *giraffe*: **la** girafe

- Au pluriel (les) :

-Lorsqu'on parle de choses en général, on ne met pas de déterminant.
Cela est symbolisé ici par un zéro barré *Ø*, mais attention, on ne l'écrit jamais dans une phrase !

I like **Ø** *horses*: J'aime les chevaux (en général).

-Lorsqu'on parle de choses en particulier, précises, on emploie *the*.

See **the** *big spiders on the wall?* - Tu vois les grosses araignées sur le mur ?

1 Relie les mots à leur traduction.

The cow •	
The cows •	• Les vaches
Cows •	• La vache
The pig •	• Le cochon
The pigs •	• Les cochons
Pigs •	

Vocabulary

cow: vache
pig: cochon
bee: abeille
bark: aboyer
tall: grand(e)

2 Entoure la bonne réponse.

1. I don't like the / Ø bees.
2. Look at the / Ø giraffes! They are very tall!
3. I am allergic to the / Ø cats.
4. I like the / Ø monkeys! They are funny animals!
5. I think the / Ø dogs are angry: they are barking.

Remember!

Devant les voyelles, *the* se prononce « *thi* » à l'oral.
the elephant: l'éléphant

JE RÉVISE LES DÉTERMINANTS DÉFINIS

3 Choisis entre «the» ou «Ø».

1. Les éléphants sont gris. ……. elephants are grey.
2. Écoute les coqs ! Listen to …… cocks!
3. Les pingouins sont blancs et noirs. …… penguins are black and white.
4. Regarde la gazelle ! Look at ……… gazelle!
5. Waouh! Les dauphins sont très beaux ! Wow! ……… dolphins are very beautiful!

4 Choisis le bon déterminant et écris des phrases comme dans l'exemple.

Exemple :
snails - slow
Snails are slow.

2. snakes – scary

…………………

1. dog – big

…………………

3. lion – tired

…………………

5 Joue au professeur !

Voici la copie d'un élève. Il maîtrise bien les déterminants. Sauras-tu retrouver la seule erreur qu'il a faite ?

"I love animals! I have three pets at home: I have two hamsters and a goldfish. The hamsters are brown and white and the goldfish is red and yellow.

What about you? Do you like the animals? Do you have pets?"

………………………

Help

slow: lent (e)
scary: effrayant (e)
tired: fatigué (e)

LONDON, HERE I COME!

CIV 0019
EIL
EUROSTAR TICKET - YOU'RE READY TO GO
CAROLYN

Train 9018
From
LONDON ST-PANCRAS
To
PARIS NORD
Class Standard
Booking reference(s): QDF
You have booked a regular seat

Date 10/06
Departs
10:24 local time
Arrives
13:47 local time
Coach 5
Seat 31

SIMPLY SCAN THE BARCODE BELOW TO PASS THROUGH THE TICKET GATES

Additional information
Please arrive 45-60 minutes before departure
Ticket gate closes 30 minutes before departure

EXCHANGEABLE WITH FEE BEFORE DEPARTURE / NON REFUNDABLE

❶ Regarde l'image et le billet.

Coche la bonne réponse.

1. The name of the train is the: ❍ Channel train ❍ Eurostar ❍ Thalys
2. The name of the train station in London is : ❍ Saint Paul's ❍ Saint Pancras ❍ Gare du Nord
3. The departure is on: ❍ the twenty-fourth of October ❍ the tenth of June ❍ the sixth of October
4. The train departs from London: ❍ in the morning ❍ in the afternoon ❍ in the evening
5. It arrives in Paris at: ❍ 1.47 am ❍ 1.47 pm
6. The gate closes at: ❍ 1.17 pm ❍ 12.47 pm ❍ 2.17 pm

Vocabulary

train station: gare
departure: départ
gate: porte d'embarquement

❷ Crée ton propre billet ! *Have a nice trip on board!*

Date:
From: Departs:
To: Arrives:
Seat:
Coach:

3 Regarde ce plan du métro de Londres.

Entoure la gare Saint Pancras.
Complète les phrases suivantes :

The name of the green line is

....

The name of the light blue line is

....

The Circle line is .... (the colour).

The Jubilee line is

....

Le sais-tu ?

On appelle le métro « the Underground », car il roule sous terre. Le métro de Londres est le plus vieux du monde et a plus de 150 ans !

Connais-tu le petit nom que les Anglais donnent au métro londonien ? The T _ _ _

Pour être plus fort(e) encore !

Révise comment on donne *l'heure* et la *date* pages 24 et 22.

A BUS, TWO BUSES

JE RETIENS

- Pour mettre un nom au pluriel en anglais, il suffit d'ajouter un *-s*, comme en français.

*a girl: two girl***s** - *a train: two train***s**

Pour les mots qui se terminent par les lettres *-o*, *-s*, *-ch*, *-sh*, *-x*, *-z*, on ajoute *-es*.

*a potato: two potato***es** - *a glass: two glass***es** - *a peach: two peach***es**

- **Modifications orthographiques :**

Si le mot se termine par la lettre *-y* précédée d'une consonne, on la remplace par *-ies*.

a baby: two babies - *a lady: two ladies*

Si le mot se termine par les lettres *-f* ou *-fe*, on les remplace par *-ves*.

*a wol***f***: two wol***ves** - *a wi***fe***: two wi***ves**

- **Les irréguliers :**

Il existe des pluriels irréguliers qu'il faut apprendre par cœur :

*a child: two child***ren** *a man: two m***e***n* *a woman: two wom***e***n* *a mouse: two m***ice**

*a tooth: two t***ee***th* *a foot: two f***ee***t* *a goldfish: two goldfish***Ø**

1 Mets les mots suivants au pluriel.

1. Tomato ....
2. Lady ....
3. Banana ....
4. Match ....
5. Bay ....
6. Address ....

2 Relie les images au bon mot anglais.

Men • • 

Child • • 

Mouse • • 

Children • • 

Mice • • 

Man • • 

Vocabulary

glass: verre
peach: pêche
wolf: loup
wife: épouse
child: enfant
tooth: dent
foot: pied
body: corps
goldfish: poisson rouge

JE RÉVISE LE PLURIEL DES NOMS

3 Entoure la bonne réponse.

1. I love bananaes / bananas.
2. I have two goldfish / goldfishes.
3. My feet / foots are very big!
4. The knifes / knives are dirty.

Help

knife: couteau
dirty: sale
foot: pied

4 Choisis la bonne réponse.

1. one life, two… : ❍ lifes ❍ lives ❍ live
2. one box, two… : ❍ boxes ❍ box ❍ boxs
3. one leaf, two…: ❍ leaf ❍ leaves ❍ leafs
4. one puppy, two…: ❍ puppys ❍ puppes ❍ puppies
5. one shelf, two…: ❍ shelvies ❍ shelves ❍ shelfs

Remember!

En anglais, il faut prononcer le –s du pluriel, contrairement au français.

two dogs: z
two glasses : iz
two oranges: iz
two cats: s

5 Complète la grille de mots croisés avec les mots en anglais au pluriel.

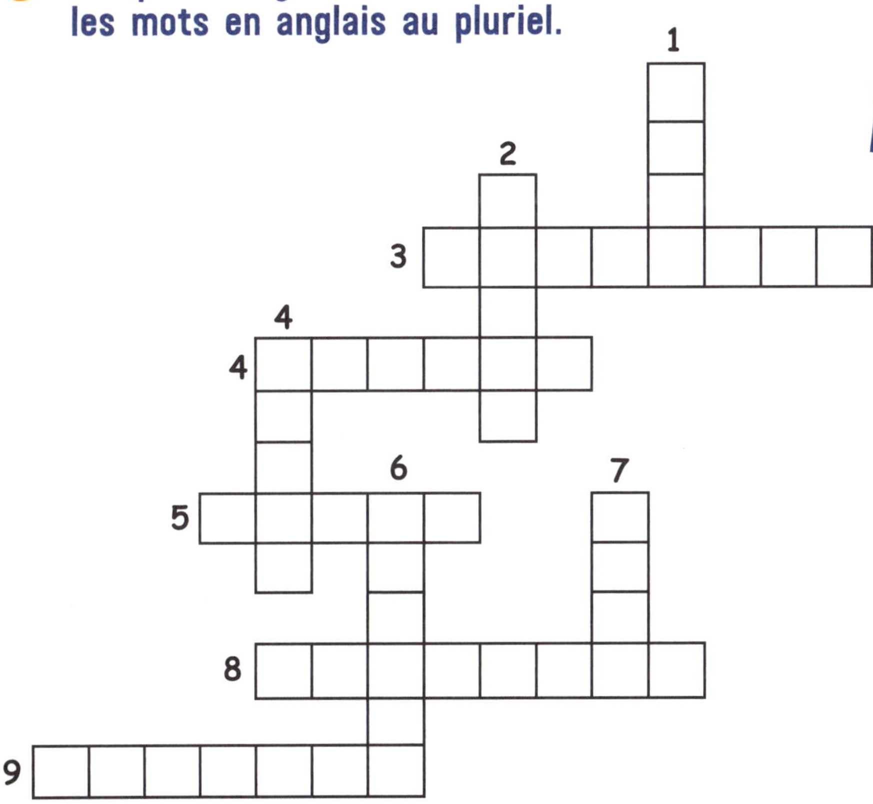

Across →
3. pommes de terre
4. loups
5. dents
8. enfants
9. oranges

Down ↓
1. pieds
2. femmes
4. épouses
6. trains
7. souris (pluriel)

I HAVE GOT AN IDEA!

JE RETIENS

Have got correspond au verbe «avoir» en français. Voici sa conjugaison au présent :

- **À la forme affirmative** (j'ai, tu as, il a…) :

À l'oral, *have* est souvent contracté :

I / We / You / They **have got** *a guitar.* - *I / We / You / They***'ve** *got a flute.*
He / She / It **has got** *a baby.* - *He / She / It***'s** *got a brother.*

- **À la forme négative** (je n'ai pas, tu n'as pas, il n'a pas…), on ajoute *not* après *have*/*has*, qui est souvent contracté (*n't*) et collé à *have*/*has* à l'oral.

He has **not** *got a piano He has***n't** *got a piano.*
You have **not** *got a television. You have***n't** *got a television.*

- **À la forme interrogative** (est-ce que tu as, qu'il a, qu'ils ont…?), il suffit d'inverser le sujet et *have*/*has*.

Has *she* **got** *a car?* **Have** *they* **got** *a smartphone?*

1 Relie les prénoms et mots anglais à la bonne conjugaison, comme dans l'exemple.

have got • has got •

• Thomas • My parents • You • The cat • Derek and I • She • Lucy and Meg

2 Lis les phrases et choisis la bonne image.

1. Molly has got a smartphone but she hasn't got a computer. She's got a bike too.

2. Tom has got a piano and he has got a guitar. He hasn't got a violin.

Vocabulary
computer: ordinateur
bike: vélo
violin: violon
too: aussi

JE RÉVISE *HAVE GOT*

3 Choisis la bonne réponse :

1. Miranda ……… a car.

❍ has she got ❍ has got ❍ 've got

2. ……… a scooter?

❍ has you ❍ you have got ❍ have you got

3. I ……… any CDs.

❍ haven't got ❍ hasn't got ❍ haven't

4. My friend ……… a tablet.

❍ haven't got ❍ has she got ❍ has got

4 Pose quatre questions à ton camarade pour savoir s'il a…

1. "……………………

……………………?"

2. "……………………

……………………?"

3. "……………………

……………………?"

4. "……………………

……………………?"

5 Écris quatre phrases pour dire ce que Sam a ou n'a pas.

Vocabulary

watch: montre

tennis racket: raquette de tennis

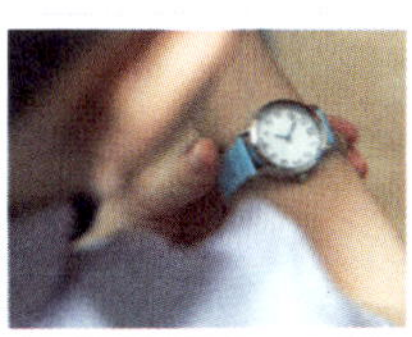

1. ☑ Sam………………

……………………

2. ☒ Sam………………

……………………

3. ☒ Sam………………

……………………

4. ☑ Sam………………

……………………

LONDON SIGHTSEEING BUS TOUR

Vocabulary

wheel: roue
bank: rive
close to: proche de
far from: loin de
playwright: dramaturge
right: droite
left: gauche

1 Observe la carte de Londres et trouve les bons monuments.

1. It is a big wheel, located on the south bank of the River Thames, very close to the London Dungeon. It is 135 metres high and there are 32 capsules. It is the ....

2. It is a religious place, not far from the River Thames. You must get off at Saint Paul's station to see it. It is..

3. It is a very important tourist attraction which is 160 years old. It is located near Westminster Palace and it tells the time. It is ....

4. It is a very big museum on the north bank of the Thames. It is located next to Russell Square. It is opened in 1759. It is the ....

2 Coche la bonne réponse, en t'aidant de la carte et du texte.

1. What is the name of the Royal family's palace?

❍ Westminster Abbey ❍ Buckingham Palace ❍ The Tower of London

2. What colour are the buses? ❍ black ❍ yellow ❍ red

3. How many capsules are there on the London Eye? ❍ 135 ❍ 32 ❍ 160

4. How old is Big Ben? ❍ 135 years old ❍ 32 years old ❍ 160 years old

5. What is the shard? ❍ a museum ❍ a tower ❍ a church

Le sais-tu ?

Les 32 capsules du London Eye correspondent aux 32 quartiers (boroughs) de Londres. Toutefois, elles sont numérotées jusque 33, car il n'y a pas de n°13 !

3 Tu visites Londres à bord d'un de ces fameux bus rouges à étage.

Coche la ou les bonne(s) réponse(s) et complète:

LONDON BY NIGHT

- ❍ Enjoy London by night and admire the illuminated city.
- ❍ Drive past the Houses of Parliament, Buckingham Palace, the Tower of London, Piccadilly Circus and more.
- ❍ Audio guides are available in different languages: English, German, French, Spanish, Italian, Polish, Portuguese and Mandarin.
- ❍ An English-speaking guide on board.
- ❍ Tour lasts 1 hour 30 minutes and you can choose to leave at 7pm or 8pm.

£20

1. The tour can start at: ❍ 7 in the morning ❍ 7 in the evening ❍ 8 in the evening
2. There is a guide on the bus: ❍ right ❍ wrong
3. The tour is ❍ during the day ❍ at night
4. Write the correct languages in English:

 S.................

 P.................

 ....

 ....

5. The ticket costs: ....

4 Teste tes amis.

Imagine quatre devinettes à poser à tes amis sur Londres.
Aide-toi des questions de l'activité 2.

Tu peux commencer par : Where is ....?

What is the name of....? How old ...? ....

....

....

....

....

....

....

Le sais-tu ?

Le Premier ministre britannique (Prime Minister) est celui qui dirige le pays (la Reine n'a que peu de pouvoirs réels). Boris Johnson est le Premier ministre actuel. Sais-tu où il habite ?

....

Pour être plus fort(e) encore !
Révise les mots interrogatifs pages 28 et 30.

WHAT'S THE DATE TODAY?

JE RETIENS

Il existe deux façons de dire la date en anglais :

En anglais britannique :
On écrit: *Monday 10***th** *September*
On dit: *«Monday* **the** *ten***th of** *September»*

En anglais américain :
On écrit: *Saturday, January 2***nd**
On dit: *«Saturday, January* **the** *seco***nd***»*

On utilise les nombres ordinaux (*the fourth*, *the thirteenth*...) qu'on forme en ajoutant les lettres **th** à la fin des nombres cardinaux (*four*, *thirteen*..). Il faut faire attention aux irréguliers en rouge ici et aux modifications orthographiques en bleu.

1 one: 1st the **first**
2 two: 2nd the **second**
3 three: 3rd the **third**
*4 four: 4th the four***th**
*5 fi***ve***: 5th the fif***th**
*8 eigh***t***: 8th the eigh***th**

*9 ni***ne***: 9th the nin***th**
*11th eleven: the eleven***th**
*12th twel***ve***: the twelf***th**
*20th twent***y***: the twentie***th**

*21st twenty-one: the twenty-***first**
...
*30th thirt***y***: the thirtie***th**

Days of the week

Monday: lundi
Tuesday: mardi
Wednesday: mercredi
Thursday: jeudi
Friday: vendredi
Saturday: samedi
Sunday: dimanche

1 **Barre l'intrus dans chaque liste.**

- Monday / Tuesday / Wednesday / Thursday
- Saturday / Sunday / February
- January / March / April / June
- Monday / July / September / October

2 **Écris en toutes lettres les nombres ordinaux suivants.**

Exemple : May 2nd:
May the second

1. Happy ……. birthday

2. Happy ……. birthday

3. the ……. of August

4. March the …….

5. the ……. of June

JE RÉVISE LA DATE

3 Complète cette grille de mots croisés avec les mois de l'année.

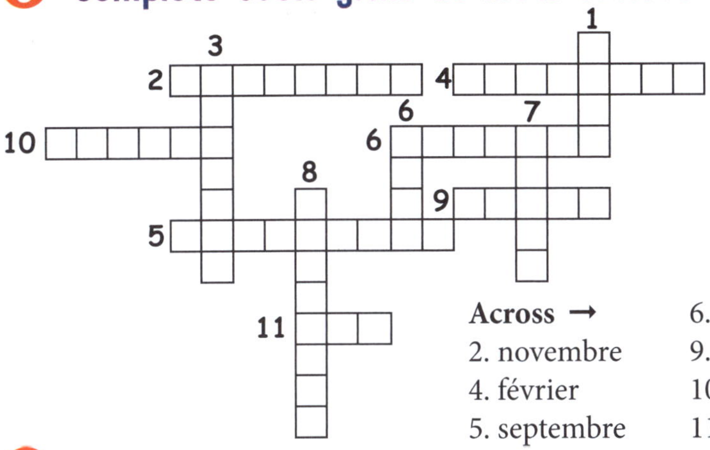

Down ↓
1. juillet
3. octobre
6. juin
7. avril
8. décembre

Across →
2. novembre
4. février
5. septembre
6. janvier
9. mars
10. août
11. mai

Months of the year

January	July
February	August
March	September
April	October
May	November
June	December

4 Entoure la bonne réponse.

1. Today is ❍ Sunday, May 11st ❍ sunday 11th May ❍ Sunday, May 11th
2. My birthday is on ❍ March three ❍ March the third ❍ March the threeth
3. New Year's day is on ❍ January the one ❍ January the oneth ❍ January the first
4. Hallowe'en is on ❍ October the thirty-first ❍ October the thirtieth-first ❍ October the thirty-one
5. April Fool's day is on ❍ April 1th ❍ April 1nd ❍ April 1st

5 Trouve la bonne date et écris-la en toutes lettres en anglais américain puis en anglais britannique.

Independence day is on...	
July the fourth	the fourth of July
Christmas is on ...	
April Fool's day is on	
My birthday is on	

Remember!

Je n'oublie pas la majuscule au jour et au mois :

mardi 3 avril:
Tuesday, April 3rd

WHAT TIME IS IT?

JE RETIENS

La question *What time is it?* sert à demander l'heure.

- Pour l'heure pile, on répond par *It is three (o'clock)*. Il est trois heures.
- Pour toute autre heure, on met les minutes *avant* les heures.
- Lorsque les minutes sont dans la première demi-heure (2h*05*, 2h*20*, 2h*30*), on ajoute le mot *past*.

5h15: *It is quarter* **past** *five* - 5h15 : Il est cinq heures et quart.
7:30: *It is half* **past** *seven* - 7:30 : Il est sept heures et demie.

- Lorsque les minutes sont dans la deuxième demi-heure (2h*50*, 2h*45*, 2h*35*), on ajoute le mot *to* (équivalent à *moins* en français : *moins* vingt, *moins* le quart...).

3:40: *It is twenty* **to** *four* - 3:40 : Il est quatre heures **moins** vingt.
6:45: *It is quarter* **to** *seven* - 6:45 : Il est sept heures **moins** le quart.

- Les lettres *am* ou *pm* servent à préciser si on est le matin (*am*) ou l'après-midi (*pm*) car on ne donne pas les heures de 1h à 24h en anglais mais de 1h à 12h.

2:00 *am*: il est deux heures (du matin). - 2:00 *pm*: il est quatorze heures.

1 Relie les horloges à la bonne heure.

It is half past two.	It is quarter past six.	It is quarter to six.	It is four o'clock.	It is five to three.	It is ten past one.

2 Lis l'heure sur ces réveils et écris l'heure correspondante en anglais.

18:00 — *6:00 pm*

1. 23:00 ....
2. 10:30 ....
3. 5:15 ....
4. 20:45 ....

Vocabulary

o'clock: l'heure pile
half past: et demie
(a) quarter past: et quart
(a) quarter to: moins le quart

JE RÉVISE L'HEURE

3 Relie les deux colonnes.

Il est deux heures moins le quart •	• It is twenty-five past eight
Il est quatre heures et demie •	• It is midnight
Il est huit heures vingt-cinq •	• It is five past six
Il est cinq heures et quart •	• It is quarter to two
Il est minuit •	• It is quarter past five
Il est six heures cinq •	• It is half past four

Remember!

am veut dire Ante Meridien (avant midi)

pm veut dire Post Meridien (après midi)

4 Choisis la bonne réponse.

02:10 ❍ It's ten past two ❍ It's ten to two ❍ It's two past ten

09:30 ❍ It's half past ten ❍ It's half to nine ❍ It's half past nine

08:45 ❍ It's quarter past eight ❍ It's quarter past nine ❍ It's quarter to nine

07:15 ❍ It's seven past quarter ❍ It's quarter past seven ❍ It's quarter to seven

10:50 ❍ It's ten to eleven ❍ It's fifty to eleven ❍ It's ten to ten

5 Écris les heures en toutes lettres.

1. 12 am ....
2. 3.45 ....
3. 10.30 ....
4. 4.10 ....

12 am ou 12 pm?

12 am correspond à minuit

12 pm correspond à midi

Pour éviter les confusions, on dit plus souvent midnight pour minuit et noon ou midday pour midi.

LET'S GO TO HYDE PARK!

Vocabulary
row: ramer
boat: naviguer, faire du bateau
hire: louer
sunset: coucher du soleil
playground: aire de jeu
beach: plage
add: ajouter

1 Voici deux lieux que tu peux trouver à Hyde Park.

Lis les deux textes et écris leur nom sous la bonne photo.

....

Row down the Serpentine

This is great fun! You can hire pedalos. Boating on the Serpentine is open from April until October 31.

Times are from 10:00 am until sundown.

Children under 4 go free.

....

Princess Diana Memorial Playground

This is an absolute must-do! It is literally one of the best playgrounds in the world. The playground is Peter Pan themed and there is even a pirate ship! There are various toys and sculptures. The pirate ship has its own beach, which only adds to the sense of adventure! There are also tepees to play in. This is the closest place to Neverland in London! The café next to the playground serves organic ice cream.

2 Dessine ce que tu peux faire ou trouver dans ces deux lieux.

Le sais-tu ?

La Princesse Diana (Lady Diana) était l'épouse du Prince Charles. Elle est décédée en 1997 à Paris, suite à un accident de voiture sous le pont de l'Alma.

3 Voici le règlement du Princess Diana Memorial Playground.

Relie les panneaux à la bonne règle.

NO

- Please supervise your children at all times.
- Glass bottles or jars are not allowed.
- Cycling, rollerblading and ball sports are not allowed.
- Smoking is not permitted in the playground.
- Alcohol is not permitted in the playground.

Vocabulary

jar: bocal
allowed/permitted: autorisé, permis

4 Réécris le règlement ci-dessus en utilisant MUST et MUSTN'T.

Emploie les verbes : ***supervise, bring, cycle, play, smoke, drink***

You must ....

....

You mustn't ....

....

....

....

Pour être plus fort(e) encore !
Révise les obligations et interdictions avec MUST et MUSTN'T page 46.

HOW OLD ARE YOU?

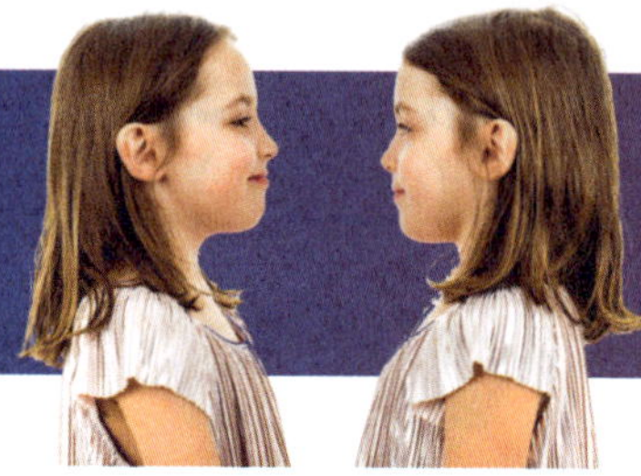

JE RETIENS

Les **mots interrogatifs** permettent de rechercher une information précise.
En anglais, ils commencent presque tous par *WH*.
Pour poser une question sur…

- un objet : *What:* que, quoi; qu'
What is it? Qu'est-ce que c'est ?

- une personne : *Who:* qui
Who *is it?* Qui est-ce ?

- un lieu : *Where:* où
Where *are you from?* D'où es-tu ?

- un moment : *When:* quand
When *is your birthday?* Quand est ton anniversaire ?

- la cause : *Why:* pourquoi
Why *are you sad?* Pourquoi es-tu triste ?

- le moyen/la santé : *How:* comment
How *are you?* Comment vas-tu ?

- l'âge : *How old:* quel âge
How *old are you?* Quel âge as-tu ?

- Lorsqu'on ajoute un mot après *What*, on le traduit par « quel(le)s ».

What time *is it?* Quelle heure est-il ?
What colour *is it?* Quelle couleur est-ce ?
What films *do you prefer?* Quels films préfères-tu ?

1 Retrouve les lettres qui ont été effacées.

1. W_e_e are you from? I'm from Chicago.
2. _he_ is your birthday? It is in December.
3. Wh__ 's your name? My name's Liam.
4. __o's absent? Bridget.

2 Trouve le mot interrogatif correspondant aux images.

Where ………………… ………………… ………………… …………………

JE RÉVISE LES MOTS INTERROGATIFS

3 Choisis le bon mot interrogatif.

1. ……..is it? It is Prince William.

❍ what ❍ who ❍ where

2. ……..is it? On Saturday, 4th .

❍ how old ❍ who ❍ when

3. ……..is it? In London.

❍ who ❍ where ❍ when

4. ……..are you? I'm tired.

❍ how ❍ who ❍ where

Vocabulary

actress: actrice
tired: fatigué(e)
sick: malade
be born: être né(e)
was/were (be): être au passé

4 Entoure la bonne réponse.

1. Where is Beth? She is an actress / tired / in New York.
2. Who is Alan? He is in Los Angeles / my best friend / excited.
3. Why were you absent? In Scotland / 12 years old / Because I was sick.
4. When were you born? I was born in 2005 / in San Francisco / at 10.30 pm.

5 Un nouvel élève vient d'arriver dans ta classe. Pose-lui quatre questions pour connaître...

Son nom :
What's your name?

1. son âge :

....

2. son origine (d'où il est) :

....

3. sa date d'anniversaire :

....

4. quel livre il préfère :

....

YES WE CAN!

JE RETIENS

- Les *Wh- questions* permettent de rechercher une information précise (qui, quoi, où...). Elles commencent donc par un mot interrogatif (voir page 28), comme en français.

What *do you like? I like* **bananas and oranges**.
Where *are they from? They are from* **Ireland**.

- Les *yes-no questions* sont des questions auxquelles on répond par « oui » ou par « non ». En français, elles commencent souvent par « Est-ce que...? ». En anglais, elles commencent par un auxiliaire.

En général, on ne répond pas juste "*yes*" ou "*no*" à ces questions car ce n'est pas très poli. On répond donc par des *réponses brèves*. Il faut reprendre le sujet puis l'auxiliaire de la question à la forme affirmative (*yes*) ou négative (*no*).

Do *you like English?*
Yes, I **do** */ No, I* **don't**

Have *they got a sister?*
Yes, they **have** */ No, they* **haven't**

Is *she American?*
Yes, she **is** */ No, she* **isn't**

1 Classe les questions dans la bonne colonne.

Are you 12? Is she French? How old are you?
Has she got a cat? Where are you from? Who is this man?

Wh-questions	Yes-no questions

2 Trouve la bonne réponse.

1. Do you like mathematics?
   - ❍ No, I do. ❍ Yes, I do. ❍ I like mathematics.
2. What have they got?
   - ❍ Yes, they have. ❍ No, they haven't. ❍ They have got a bike.
3. Where is your sister?
   - ❍ No, she isn't. ❍ She is in the garage. ❍ Yes, I do.
4. Are you French?
   - ❍ Yes, I am. ❍ No, I am. ❍ I'm from Paris.

Remember!

Les yes-no questions se reconnaissent facilement à l'oral par leur intonation montante.

JE RÉVISE LES *WH-QUESTIONS* ET LES YES-NO *QUESTIONS*

3 Relie les questions aux bonnes réponses.

Where are you from? •	• Yes, I am.
Who are you? •	• No, they aren't.
Are you Elly? •	• I'm Elly.
Why are they late? •	• I'm from Dublin.
Are they from Dublin? •	• They missed their bus.

Help

late: en retard

miss the bus: rater le bus

spinach: épinards

live: habiter, vivre

4 Trouve les mots manquants dans les réponses brèves.

1. Have you got a pet?

   Yes, I ....

2. Do you like spinach?

   No, ...

3. Is Tim 11?

   Yes, ...

4. Do they live in Boston?

   No, ...

5. Are you American?

   ...., ...

5 Lis les réponses, puis trouve les questions qui ont été posées.

1. ....?

   I'm twelve.

2. ....?

   I'm from France.

3. ....?

   Yes, I do.

4. ....?

   Yes, I have.

5. ....?

   No, I haven't.

Be careful!

Les yes-no questions commencent par un auxiliaire.

Relis bien la double page avant de faire l'exercice n°5 !

LET'S MAKE SCONES!

1 Tu t'apprêtes à essayer la recette des fameux scones dont voici les ingrédients.

Peux-tu retrouver le vocabulaire en anglais ?

Ingredients

225g self-raising flour
Pinch of salt
50g margarine or butter
25g sugar
50g currants (optional - but tasty!)
1 egg, beaten with enough milk to make 150ml of liquid

Vocabulary

pinch : pincée
add : ajouter
beaten: battu
enough: assez

1. ....

2. ....

3. ....

4. ....

5. ....

6. ....

Le sais-tu ?

Le « Five o'clock tea » est une tradition anglaise qui perdure, principalement le dimanche. Il permet de se retrouver en famille ou entre amis pour déguster le fameux « tea » accompagné de douceurs, scones, muffins...

2 Écris en toutes lettres, en anglais :

225g : ....

50g : ....

25g : ....

150ml : ....

3 Voici la recette à suivre.

Lis-la et remets les images dans le bon ordre.

Instructions

1. Heat oven to 220°C.
2. Mix flour and salt. Add margarine, sugar and fruit.
3. Add egg mixture and milk, reserving a little for brushing the tops.
4. Knead lightly on a floured surface and roll out to 1cm in thickness.
5. Cut into rounds.
6. Brush the tops with the egg mixture and bake for around 10 minutes.

Enjoy them with a pot of tea, jam, and clotted cream.

N° ....

N° ....

N° ....

N° ....

N° ....

N° ....

Vocabulary

heat: chauffer
knead: pétrir
roll out: étaler

4 Voici les ingrédients d'un pudding (dessert) anglais.

Observe les images et écris ce qu'il y a dans la recette. Emploie THERE IS ou THERE ARE.

Exemples: There is some bread. There are three ....

....

....

....

....

Pour être plus fort(e) encore !

Révise comment on dit « il y a » page 36 et les déterminants SOME, ANY et NO page 40.

COME AND SEE ME!

JE RETIENS

- Lorsqu'on veut donner un ordre à une personne, il suffit d'utiliser le verbe (*take*, *be*, *listen*...) suivi du reste de la phrase :

Sit down and be quiet! Assieds-toi et tais-toi !

- Pour donner un ordre négatif (**Ne** cours **pas** ! etc.), on met *Don't* (*do* + *not*) devant le verbe :

Don't chat in class!
Ne bavarde pas !

Don't be late!
Ne sois pas en retard !

Ces ordres restent les mêmes si on s'adresse à plusieurs personnes :

Be quiet!
Taisez-vous !

Don't shout!
Ne criez pas !

Pour s'inclure dans un ordre, on met *Let's* devant le verbe :

Let's go!
Allons-y !

Let's finish our homework!
Finissons nos devoirs!

1 Entoure les ordres positifs.

Open your book!

Don't chat in class!

Write your name!

Don't chew gum in class!

Be good!

Listen to the teacher!

Help

be good: être sage
chat: bavarder
listen: écouter
write: écrire
chew gum: mâcher du chewing-gum
run: courir
corridors: couloirs

2 Relie les ordres aux bonnes images.

Don't run in the corridors!

Write the date!

Don't listen to music!

Don't be late!

JE RÉVISE L'IMPÉRATIF

Vocabulary

turn on/off: allumer / éteindre
open: ouvrir
close: fermer
jump: sauter
text: envoyer un texto
classmate: camarade de classe
desk: bureau

3 Relie les deux colonnes.

Turn off your phones! •	• Ne fermez pas vos livres !
Don't turn on your phones! •	• Fermez vos livres !
Close your books! •	• N'allumez pas vos téléphones !
Don't close your books! •	• Éteignez vos téléphones !

4 Coche les ordres qu'un professeur pourrait donner à ses élèves.

1. ❍ Don't chat with your classmates! ❍ Don't write the lesson! ❍ Jump on your desks!
2. ❍ Be quiet! ❍ Don't be late! ❍ Text your classmates!
3. ❍ Be serious! ❍ Turn off your phones! ❍ Don't listen to the teacher!

5 Écris les ordres correspondant aux images.

Exemple : Sit down

....

....

....

....

Help

the light: la lumière
the window: la fenêtre

THERE'S A CAT ON THE ROOF!

JE RETIENS

- Pour dire "**il y a**", on emploie *there + be* au présent. On utilise donc le verbe *be* (**être**) en anglais, alors qu'en français, on utilise **avoir** (il y **a**).

J'emploie *There is* + un nom au singulier.
There is a double bed in my bedroom.

J'emploie *There are* + un nom au pluriel.
There are three bedrooms in my house.

- Pour poser la question (**est-ce qu'il y a...**), *be* (*is* ou *are*) passe devant le sujet *there*.

Is there a table in your room?

Are there any books on the table?

- Pour faire une phrase négative (**il n'y a pas de...**), on ajoute la négation *not*, souvent contractée (*n't*) pour *be*.

There isn't a television in my room.

There aren't any trees in my garden.

1 Complète avec "is" ou "are".

1. In my room, there ………… a bed in front of the window.
2. There ………… two chairs next to the table.
3. Look! There ………… my bag under the table.
4. There ………… two rackets behind the door.

Vocabulary

under: sous
on: sur
in: dans
next to: à côté de
between: entre
behind: derrière
in front of: devant

2 Choisis la bonne réponse.

1. There is / are a big television in my living-room.
2. There isn't / aren't any trees in my garden.
3. Is / Are there two bathrooms in your house?
4. Is / Are there a trampoline in your garden?
5. There isn't / aren't a cinema in my town.

JE RÉVISE *THERE* + *BE* AU PRÉSENT

3 Regarde le plan et coche les phrases qui décrivent correctement la maison.

❍ There is a kitchen.
❍ There are two bedrooms.
❍ There is a garden.
❍ There is a living-room.
❍ There are two bathrooms.
❍ There is a dining-room.

Vocabulary

house: maison
kitchen: cuisine
(bed)room: chambre
living-room: séjour
dining-room: salle à manger
bathroom: salle de bain
garden: jardin
bed: lit
tree: arbre
swimming-pool: piscine
ghost: fantôme

4 Qu'y-a-t-il dans la maison et le jardin de ton / ta meilleur(e) ami(e) ? Utilise les mots ci-dessous pour poser quatre questions.

Exemple: Is there a swimming-pool in your garden?

a trampoline - two bathrooms - a barbecue - any trees

....

....

....

....

5 Utilise les mots ci-dessous pour dire ce qu'il y a ou n'y a pas dans la maison de tes rêves. Tu peux ajouter d'autres choses.

a garden - 1/2/3...bedroom(s) - 1/2/3...bathroom(s) - a swimming-pool
ghosts - a big television - a trampoline
In my dream house, there is ... but there isn't... There are ...

....

....

....

....

MADAME TUSSAUDS MUSEUM

Le sais-tu ?

Il y a plus de 300 statues de cire au musée Madame Tussauds : des personnalités, des célébrités, des légendes du sport, des personnages de fiction...

La plus petite sculpture est celle de Tinker Bell (la fée Clochette) et la plus grande celle de l'incroyable Hulk !

En moyenne, il faut environ 4 mois pour créer une statue.

1 Voici quatre statues de cire que tu peux voir au musée Madame Tussauds de Londres.

Lis les descriptions et complète-les avec le nom de la personne et le numéro de la photo.

Usain Bolt - Kate Winslet - Jessica Ennis-Hill - Leonardo Di Caprio

1. 
2. 
3. 
4. 

A. This celebrity is very tall and strong. He has got short dark hair and his eyes are brown. He is wearing green shorts and his jersey is yellow. He can run very fast. His name is................................ It is picture ......

B. This celebrity is tall and strong. Her hair is long and she has got brown eyes. She is wearing a T-shirt with the British flag on it. She is an excellent athlete. Her name is .... It is picture ......

C. This celebrity is quite tall and slim. She has got short fair hair and blue eyes and she is wearing a long red dress. She is an actress. Her name is................................... It is picture ......

D. This celebrity is quite tall. He has got short fair hair and blue eyes. He is wearing a black suit, a white shirt and a tie. He is an actor. His name is .... It is picture ......

2 Trouve le vocabulaire :

grand : .... court : .... cheveux : .... yeux : ....

costume : .... chemise : .... cravate : ....

3 Voici quelques statues de cire et l'arbre généalogique de la famille royale britannique.

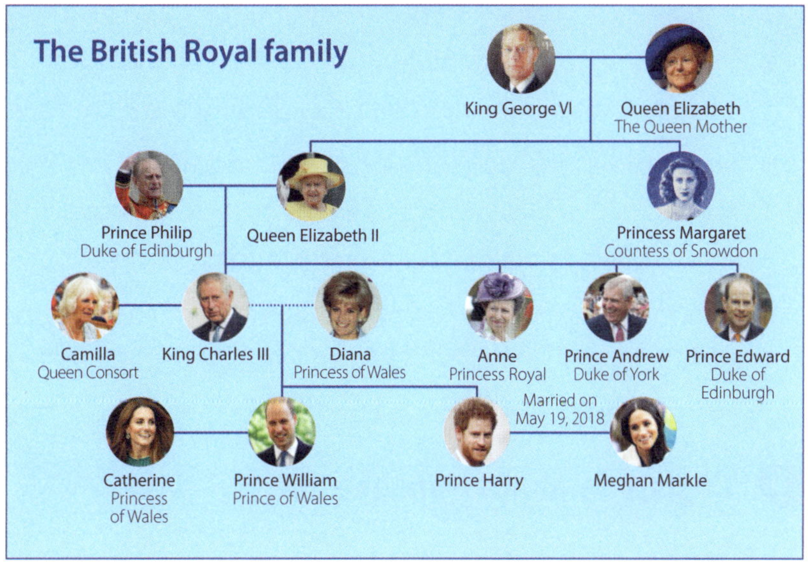

1. She is Prince Philip's wife: ....

2. She is King Charles III's mother: ....

3. He is Meghan Markle's husband: ....

4. He is Queen Elizabeth II's grandson and Kate Middleton's husband:..................................

4 À ton tour d'interroger tes amis. Écris quatre devinettes comme dans l'activité 3 ci-dessus.

Exemple: She is Queen Elizabeth II's sister (Princess Margaret).

....

....

....

....

Vocabulary
husband: mari
wife: femme
grandson: petit-fils
daughter: fille

5 Quelle personnalité aimerais-tu voir en statue de cire ?

Décris-la, comme dans l'activité 1, et essaye de la faire deviner à quelqu'un.

....

....

....

....

Pour être plus fort(e) encore !
Révise HAVE GOT page 18, les déterminants possessifs, page 64 et le génitif, page 60.

I WANT SOME CAKE!

JE RETIENS

Some, *any* et *no* sont des déterminants que l'on traduit par « du, de, de la, des ».

- On emploie *some* dans les phrases affirmatives :

There is some flour and some sugar. Il y a **de la** farine et **du** sucre.

- On emploie *any* dans les phrases négatives et interrogatives :

I haven't got any brothers. Je n'ai pas **de** frères.

Are there any eggs? Est-ce qu'il y a **des** œufs ?

- On emploie *no* dans les phrases affirmatives. Puisque la quantité est nulle avec *no*, on le traduit toujours par une phrase négative en français.

There is no butter. Il n'y a pas **de** beurre.

1 Choisis la bonne réponse.

1. There is ……… coffee.

❍ some ❍ any

2. Are there……… apples?

❍ some ❍ any

3. I haven't got……… money.

❍ some ❍ any

4. There are ……… lemons.

❍ some ❍ any

5. Have you got ……… pets?

❍ some ❍ any

2 Complète avec "some" ou "any".

1. I need ……… flour.
2. Have you got ……… sisters?
3. I would like ……… tea.
4. There isn't ……… butter in the fridge.
5. Are there ……… cookies in the box?

Help

need: avoir besoin de
I would like: j'aimerais
lemon: citron
flour: farine
tea: thé
butter: beurre
fridge: frigidaire
box: boîte

JE RÉVISE *SOME*, *ANY* ET *NO*

3 Observe l'image et barre les deux phrases qui sont fausses.

There is some fish.

There are some cakes.

There aren't any eggs.

There is some cauliflower.

There is some salad.

There is no flour.

Vocabulary

cake: gâteau
fish: poisson
water: eau
juice: jus
cauliflower: chou-fleur

4 Écris tout ce qu'il y a ou n'y a pas dans ton frigidaire. Relis la page 36 pour choisir entre "there is(n't)" ou "there are(n't)". Tu peux tout inventer!

There is some butter but there isn't any orange juice. There are some apples but there aren't any oranges.

apples - chicken - ice-cream - cakes - apple juice - tomatoes - milk - butter - bananas

....

....

....

5 Lis l'encadré ci-contre et choisis la bonne réponse.

1. Is there .... milk in the fridge?

   ❍ some ❍ any

2. Would you like .... water? - Yes, please!

   ❍ some ❍ any

3. Can I have .... ice-cream? I'm hungry.

   ❍ some ❍ any

4. Are there .... tomatoes?

   ❍ some ❍ any

Be careful!

On emploie some dans les questions lorsqu'on sait qu'il y a ce qu'on veut/propose.

Can I have some strawberries?

Est-ce que je peux avoir des fraises ? (Je sais qu'il y en a)

Would you like some chocolate?

Est-ce que tu voudrais du chocolat ? (Si on en propose, c'est qu'il y en a)

CAN YOU SPEAK ENGLISH? YES YOU CAN

JE RETIENS

- *Can* exprime ce qui est **possible** ou **permis**. *Can* ne se conjugue pas, il reste donc identique à toutes les personnes.
- **Les permissions** : CAN se traduit par POUVOIR.

Forme affirmative	Forme négative	Forme interrogative
You can go out.	*She can't (can + not) go out.*	*Can we go out?*
Tu peux sortir.	Elle ne peut pas sortir.	Est-ce que nous pouvons sortir ?

- **Les capacités** : CAN se traduit par SAVOIR.

I can play the guitar.	*They can't play the violin.*	*Can you swim?*
Je sais jouer de la guitare.	Ils ne savent pas jouer du violon.	Est-ce que tu sais nager ?

1 Relie les phrases à leur traduction.

I can sing and dance. •	• Tu ne peux pas appeler tes ami(e)s.
I can't sing or dance. •	• Il ne sait pas faire du cheval.
Can I phone my friends? •	• Je sais chanter et danser.
He can't ride a horse. •	• Elle sait faire du cheval.
You can't phone your friends. •	• Est-ce que je peux appeler mes ami(e)s?
She can ride a horse. •	• Je ne sais pas chanter ou danser.

2 Choisis la bonne réponse.

1. Derek can / can't play football: he is excellent at it!
2. Can / Can't you ride a horse? No, I can't.
3. My sister can / can't speak English but she can speak French.
4. Mum, canot / can I play video games? Yes, you can, but not too long!

Vocabulary

sing: chanter
speak: parler
ride a horse: faire du cheval
ride a bike: faire du vélo

JE RÉVISE *CAN*

3 Lis les textes et relie-les aux bons personnages.

Judith

Mia

Salma

She can speak English and French, but she can't speak Spanish. She can play the guitar too.

She can play the piano and she can sing in English but she can't play the flute.

She can play the piano and the flute, but she can't sing in English.

Help

Relis bien la page de gauche pour trouver comment on pose des questions.

4 Écris 4 phrases pour dire ce que tu sais faire ou pas.

ride a horse

dance

ski

play football

....

....

5 Écris quatre questions: demande à ton camarade s'il sait faire les choses suivantes.

ride a bike

speak English

sing

play rugby

....

....

ARSENAL FOOTBALL CLUB

1 Lis le texte et coche la ou les bonnes réponses :

Arsenal Football Club is a professional football club based in Islington, London, England.
The club was founded in 1886. The team plays in a traditional red and white kit. They played at Highbury in north London from 1913 to 2006, but now they play at the Emirates Stadium. Their biggest rivals are Tottenham Hotspur, and the two play against each other in the North London Derby. Arsenal won the First Division and Premier League 13 times and the FA Cup 10 times.

Home colours

1. Arsenal Football club is in London. ❍ right ❍ wrong
2. It was created in ❍ 1913 ❍ 2006 ❍ 1886
3. What colour is their kit? ❍ blue ❍ red ❍ black
4. The name of their stadium today is ❍ Islington ❍ Emirates ❍ Highbury
5. Their biggest rival is ....
6. Arsenal is a successful team: ❍ right ❍ wrong

2 Observe les illustrations.

Colorie la tenue de l'équipe lorsqu'ils jouent à domicile.

Third colours

Vocabulary

stadium: stade
against: contre
times: fois
win (passé : won): gagner
successful: qui a du succès
basket: panier

3 Lis les informations concernant la visite du Emirates Stadium.

Away colours

ARE YOU A TRUE FOOTBALL FAN?

DON'T MISS THE OPPORTUNITY TO VISIT THE EMIRATES STADIUM!

Access to the Directors Box, Players Entrance, Dressing Room, Players Tunnel, Pitch side Dugout, Press Conference Room and Media Lounge.

SELECT YOUR TICKETS

TICKETS	PRICE	QUANTITY
ADULT	£20.00	2
CONCESSION (SENIOR (65+), STUDENTS, DISABLED)	£15.00	
CHILD 5-15 YEARS	£11.00	2
INFANT UNDER 5 YEARS	£0.00	

ADD TO BASKET

OPENING HOURS

MON-FRI 10 AM-4 PM, SAT 10 AM-6 PM, SUN 11 AM-4 PM
(LAST ENTRY 1 HOUR BEFORE CLOSING TIME)

Le sais-tu ?

Les joueurs d'Arsenal sont surnommés les « Gunners », les « canonniers » car, à l'origine (1886), ce club a été formé par des ouvriers travaillant dans l'arsenal militaire de Woolwich, à l'est de Londres.

1. Voici les lieux que tu peux visiter dans le stade. Relie les deux colonnes.

Dressing room •	• Salle de presse
Players' tunnel •	• Banc des joueurs
Pitch •	• Terrain
Dugout •	• Tunnel des joueurs
Press conference room •	• Vestiaires

2. Choisis la bonne réponse.

1. How much is a student ticket? ❍ £11 ❍ £15 ❍ £20
2. How much is an adult ticket? ❍ £11 ❍ £15 ❍ £20
3. How many tickets are there in the basket? ❍ 2 ❍ 4 ❍ 8
4. Can you visit the stadium on Thursday at 3 pm? ❍ Yes, we can. ❍ ❍ No, we can't.

4 Écris une ou deux phrases pour dire si tu veux visiter ce stade.

I want to………………………………………………

I don't want to……………………………………………

because I ………………………………………………

Pour être plus fort(e) encore !
Révise les questions pages 28 et 30.

YOU MUSTN'T BE LATE!

JE RETIENS

MUST peut se traduire par **devoir** ou **être obligé de**. *Must* ne se conjugue pas, il reste donc identique à toutes les personnes.

- À la **forme affirmative**, *MUST* exprime des **obligations**.

British pupils must wear a uniform.

Les élèves britanniques **doivent/sont obligés de** porter un uniforme.

- À la **forme négative**, *MUST + NOT* (*mustn't*) exprime des **interdictions**.

We mustn't be late.

Nous **ne devons pas** être en retard.

1 Relie les obligations et les interdictions aux bonnes images.

- You mustn't use your phone.
- You must stop.
- You mustn't take photos.
- You mustn't smoke here.

2 Choisis la bonne réponse.

1. Pupils **must / mustn't** shout in the corridors.
2. You **must / mustn't** do your homework.
3. Pupils **must / mustn't** be on time.
4. You **must / mustn't** go out at night. It's dangerous.
5. We **must / mustn't** be serious in class.

Vocabulary

pupil: élève
shout: crier
corridor: couloir
do homework: faire des devoirs
be on time: être à l'heure
go out: sortir

JE RÉVISE *MUST*

3 Lis ce règlement d'une école anglaise et barre les règles qui ne sont pas logiques.

- Pupils must wear a uniform.
- Pupils must be late.
- Pupils mustn't use their phones.
- Pupils must text their friends in class.
- Teachers must help pupils.
- Pupils mustn't work.

Vocabulary

wear: porter (vêtements)
use: utiliser
text: envoyer un texto
help: aider
work: travailler

4 Traduis les phrases en anglais.

1. Les élèves doivent porter un uniforme.

....

2. Tu ne dois pas être en retard.

....

3. Les élèves doivent travailler.

....

4. Ils ne doivent pas courir dans les couloirs.

....

5 Imagine le règlement de Poudlard, l'école de sorciers de Harry Potter...

respect adults and prefects
go out after 10 pm
be late for school
wear a uniform
do magic outside school
go to the forbidden forest

Witches and wizards ....

....

....

....

Vocabulary

do magic: faire de la magie
outside: en dehors de
forbidden: interdit(e)
wizard: sorcier
witch: sorcière

I LIKE SUPERHERO FILMS!

JE RETIENS

- **Le présent simple** permet de parler de ses goûts, ses désirs, ses habitudes ou de vérités générales. Il se traduit par le présent de l'indicatif.

I like TV series.
J'aime les séries télé.

I always get up at 7.
Je me lève toujours à 7 heures.

- La conjugaison est très facile : il suffit de faire attention à la **3ème personne du singulier** (*he*, *she*, *it*).

	Forme affirmative	Forme négative	Forme interrogative	Réponses brèves
She/he/it (3e personne du singulier)	*She likes chocolate.*	*She doesn't (does not) like chocolate.*	*Does he play video games after school?*	*Yes, he does. No, he doesn't.*
I/You/we/they	*I like horror films.*	*I don't (do not) like horror films.*	*Do they watch TV every day?*	*Yes, they do. No, they don't.*

1 Relie les prénoms et mots anglais à la bonne conjugaison, comme dans l'exemple.

like • likes

I • Gill • My friends • The dog • Emma • He • Peter and Matthew

(Exemple : Emma → likes)

2 Choisis la bonne réponse.

1. Alan wants /does want / want a video game for his birthday.
2. Do you like / you like / like you cheese?
3. I do get up / not get up / don't get up early on weekends.
4. My friend play / plays / does play the harp.
5. Does Kylian brush / brushes / does brush his teeth every day?

Be careful!

Aux formes négatives et interrogatives, on ajoute l'auxiliaire do.
C'est lui qui porte la négation et la marque de la conjugaison à la 3e personne du singulier.

JE RÉVISE LE PRÉSENT SIMPLE

3 Mets le verbe entre parenthèses au présent simple. Lis bien l'encadré ci-contre avant de commencer.

1. Natalia .... her homework. (do)
2. Dylan .... his car every month. (wash)
3. My father.......... to work by bus. (go)
4. My brother .... the bus to go to school. (take)
5. She .... English and Spanish. (study)

Be careful!

À la 3e personne du singulier :
pour les verbes se terminant par -o, -s, -ch, -sh, -x, -z, on ajoute -es.
Lenny goes to school by bus.
pour les verbes se terminant par -y précédé d'une consonne (tidy, carry, marry...), on remplace -y par -ies.
Paul never tidies his room.

4 Traduis les phrases suivantes.

1. Elle n'aime pas les séries télé.

....

2. Je ne joue pas de piano. Je joue de la guitare.

....

3. Est-ce qu'il regarde la télévision tous les jours?

....

5 Écris cinq phrases sur tes habitudes en utilisant les adverbes de fréquence ci-contre.

Ex: I always do my homework after school.

brush my teeth

tidy my room

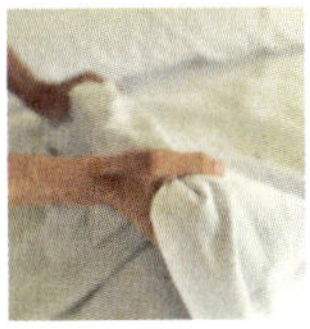

make my bed

have a shower in the morning

play video games after school

Help

Les adverbes de fréquence :
always: toujours
often: souvent
sometimes: parfois
never: jamais
Ils se placent toujours DEVANT le verbe.

....

....

BUSKERS OF COVENT GARDEN

Le sais-tu ?

Covent Garden a été le lieu de tournage du célèbre film My Fair Lady de 1964 dans lequel joue Audrey Hepburn.
Le film est tiré de la comédie musicale du même nom de 1956.

Sais-tu de quelle pièce de théâtre est tiré My Fair Lady ?

P _ _ _ _ _ _ _ _

1 Lis la carte postale.

Hey Mum and Dad,
I'm writing to you from Covent Garden. The place is adorable! There are lots of shops, restaurants, bars, and beauty boutiques and the architecture of the market is beautiful!
Outside, there are street performers all over the place. They are incredible! Right now, a woman is spitting fire, another one is playing with a hula hoop and a band is playing classical music!
Lovely! I'm having a wonderful time here in London!
See you soon!
Take care,
Serena

Peux-tu répondre aux questions ?

1. Who is writing? ....
2. Who is she writing to? ....
3. Where is she? ....
4. Does she like London? ....

Vocabulary

ride a unicycle: faire du monocycle
juggle: jongler

2 Relie les expressions anglaises à leur traduction.

See you soon! •	• Passer un merveilleux moment
Have a wonderful time! •	• Prenez soin de vous !
Take care! •	• À bientôt !

3 Légende ces photos avec des phrases tirées de la carte postale.

1.  2.  3. 

1. ....

2. ....

3. ....

4 Regarde ces artistes de rue et écris ce qu'ils sont en train de faire.

1.  2.  3. 

1. ....

2. ....

3. ....

5 À ton tour, rédige ta carte postale. Tu écris à tes parents ou à des amis.

Explique où tu es, ce que tu es en train de faire et comment tu te sens.

....

....

....

....

....

....

Pour être plus fort(e) encore !

Révise le *présent BE+ing* page 66, *there +BE* page 36 et les *déterminants* page 10.

I LOVE YOU! DO YOU LOVE ME?

JE RETIENS

- Un pronom personnel sert à remplacer un nom pour éviter les répétitions.

Le **pronom personnel complément** garde sa place de **complément du verbe**. Il se place donc après le verbe. En français, il se place généralement devant le verbe.

I love Mary: I love her
Je **l'**aime.

I know Sarah and Ann: I know them.
Je **les** connais.

- Voici les pronoms personnels compléments :

Pronoms Sujets	*I*	*You*	*He*	*She*	*It*	*We*	*You*	*They*
Pronoms Compléments	*me*	*you*	*him*	*her*	*it*	*us*	*you*	*them*

1 Regarde les images et écris le bon pronom personnel complément.

....

....

....

....

....

2 Connais-tu ces personnalités ? Réagis comme dans l'exemple.

Exemple : I know her / I don't know him.

1. Hillary Clinton ....
2. Kate & William ....
3. Michael Jackson ....

JE RÉVISE LES PRONOMS PERSONNELS COMPLÉMENTS

3 Lis cet email. Sauras-tu retrouver les 8 pronoms compléments ? Entoure-les.

@

Hi Tim,
Are you excited to come and visit us next month? I can't wait to meet you!
My two sisters are excited too. You will love them. They are so cool! Have you got any sisters? Do you get along with them?
My parents are a bit strict but don't worry, they are funny! My father always makes jokes: I love him. My mother often takes us to the cinema and to the museum.
Are your parents cool or strict? What do you do with them?
See you soon!
James

Help

next month: le mois prochain
I can't wait: J'ai hâte
meet: rencontrer
get along: bien s'entendre
Don't worry!: Ne t'inquiète pas !
make jokes: faire des blagues

4 Coche la bonne réponse.

1. Louis? I don't know **it / him /them**.
2. Listen to this music! I hate **her / you / it**!
3. My friends and I are going to the shopping centre. Do you want to join **us / them / you**?
4. I love you. Do you love **him / you / me**?

5 Trouve le bon pronom complément.

1. I love ………… (John).
2. I get along with ………… (Nathan and Luke).
3. I don't know ………… (your sister).
4. Do you like ………… (this book)?
5. My sister and I are going to the cinema. Are you coming with ………… (my sister and I)?

HOW MUCH IS IT?

JE RETIENS

- Pour interroger sur la quantité (**« combien (de)... », « quelle quantité (de) »**...), on emploie *How much* ou *How many* suivi d'un nom (que l'on ne met pas quand il est évident, comme "*money*").
- *How much* s'emploie devant un nom au **singulier** :

How much milk is there in this recipe? Quelle quantité de lait y-a-t-il dans cette recette ?

How much **(money)** *are the shoes? They are $35* **(dollars)**.
À combien sont les chaussures ? Elles sont à $35.

- *How many* s'emploie devant un nom au **pluriel**.

How many sisters have you got? **Combien** de sœurs as-tu ?
"I have a lot of T-shirts". "How many (T-shirts)?"
"J'ai beaucoup de T-shirts". "Combien (de T-shirts) ?"

1 Relie les mots au bon mot interrogatif, comme dans l'exemple.

water •
jackets •
hats •
money •
skirts •
homework •

• HOW MUCH

• HOW MANY

Vocabulary

hat: chapeau
jacket: veste
scarf: écharpe
dress: robe
sweater: pull
expensive: cher (-ère)
trainers: chaussures de sport

2 Complète avec "how much" ou "how many".

1. .... water is there?
2. .... scarves have you got?
3. "I have got a lot of dresses!" "................................?"
4. "These sweaters are very expensive!" "............................?"
5. "Oh my God! ....pairs of trainers have you got?"

JE RÉVISE LES MOTS INTERROGATIFS

3 Relie les questions aux bonnes réponses.

How much is the T-shirt? •	• It is £15.
How many skirts have you got? •	• She has got 5.
How much are the trousers? •	• I have got $30.
How many pairs of trainers has she got? •	• I have got 4.
How much have you got? •	• They are 50€.

Vocabulary

skirt: jupe
trousers: pantalon
boots: bottes
coat: manteau
cap: casquette

4 Remets les questions dans l'ordre.

1. much/ is / the coat/ How/ ?

....

2. many/ ? / got / How / you / caps / have

....

3. got/ much / you / have / How/ ?

....

4. How/ are/ ? / the boots / much

....

5 Connais-tu les monnaies de ces pays anglophones? Associe la monnaie, le symbole, le billet au bon drapeau.

	Euro •	• £ •	•	
	Canadian dollar •	• $ •	•	
	Pound •	• $ •	•	
	Dollar •	• € •	•	

LET'S GO SHOPPING!

1.

2.

3.

4.

Le sais-tu ?

Portobello Road fait partie du quartier de Notting Hill. Si tu t'y promènes, tu pourras donc voir la devanture de la célèbre librairie du film Coup de foudre à Notting Hill, 1999. Malheureusement, elle a été transformée en une boutique de souvenirs.

Sais-tu qui joue le rôle de l'acteur principal ?

H _ _ _   G _ _ _ _

1 Lis les descriptions de ces hauts lieux du shopping à Londres.

Écris le numéro de la photo correspondante :

Harrods is a luxury department store on Brompton Road, in Knightsbridge. It is one of the biggest department stores in Europe. You can find almost everything: clothes, shoes, sporting gear, pet accessories, toys, health and beauty products, furniture, kitchen utensils etc… There are seven floors.
Picture …….

Carnaby Street is a pedestrian shopping street in Soho. There are many fashion boutiques: you can find clothes, accessories, shoes, bags… It is pleasant to walk around as there are no cars.
Picture …….

Portobello Road Market is the largest antique market in the UK. There are also second-hand shops and the market sells fresh fruit and vegetables too. Portobello Road is very colourful and lovely.
Picture …….

Oxford Street is the busiest shopping street in Europe and is located in the West End of London. There are more than 300 shops, with lots of affordable clothing brands, and souvenir shops.
Picture …….

Vocabulary

department store: grand magasin
health: santé
furniture: meubles
floors: étages
pedestrianised: piétonnisé
second-hand: d'occasion
affordable: abordable
brand: marque

2 Relie les phrases au(x) lieux où tu peux te rendre pour acheter ces articles.

- I want to buy cheap souvenirs.
- I want to find vintage clothes and antiques.
- I need plates, glasses and a table.
- I want to buy cool T-shirts and jeans.

3 Tu es dans un magasin de souvenirs à Oxford Street.

Réponds aux questions de ton ami que tu as au téléphone.

£3.49

£4.99

£14.99

£7.99

How much is the cap? ....

How much are the key rings? ....

How much is the schoolbag? ....

How much is the teddy bear? ....

4 À ton tour de poser les questions au vendeur :

1. ....
2. ....
3. ....
4. ....

Pour être plus fort(e) encore ! Révise comment demander et donner le prix page 54.

TALLER, STRONGER, BETTER!

JE RETIENS

Pour faire des comparaisons (**plus** ... que...),
il faut faire attention à la longueur des adjectifs :

- **Pour les adjectifs courts** : ce sont les adjectifs d'une syllabe (tall, short...) ou de deux syllabes se terminant par les lettres *-y* et *-er* (funny, clever...).

Il faut ajouter *-(e)r* à l'adjectif : *large: larger* : plus grand(e)
crazy: crazier: plus fou/folle

- Il y a trois **comparatifs irréguliers** : *good - better:* meilleur *bad - worse:* pire
far - farther / further: plus loin

- **Pour les adjectifs longs** : ce sont tous les autres adjectifs de deux syllabes ou plus (*dangerous*, *famous*...) :

Il faut mettre *more* devant l'adjectif : *intelligent: more intelligent:* plus intelligent(e)

Pour traduire "que", on emploie **than**. *I am taller than my brother.* Je suis plus grand **que** mon frère.

1 Relie les adjectifs à la bonne règle.

Adjectif + ER • MORE + adjectif •

• expensive • comfortable • small • lazy • exciting • big • famous

2 Coche la bonne réponse.

1. tall:

❍ taller ❍ more tall ❍ talller

2. messy:

❍ messier ❍ more messy ❍ messyer

3. expensive:

❍ expensivier ❍ expensiver ❍ more expensive

4. dangerous:

❍ dangerouser ❍ more dangerous ❍ more dangerouser

5. bad:

❍ badder ❍ worse ❍ more worse

Be careful!

La lettre *-y* se transforme en *i* :
funny : funnier
Un adjectif court se terminant par consonne-voyelle-consonne (*big*, *hot*...), double sa consonne finale:
hot : hotter

JE RÉVISE LA COMPARAISON

3 Entoure la bonne réponse.

1. The United States is more populated / populateder than the United Kingdom.
2. London is more big / bigger than Paris.
3. London is older / more old than New York.
4. The Mississippi river is longer / more long than the Thames.

Vocabulary

populated: peuplé(e)
famous: connu(e), célèbre
spinach: épinards

4 Compare les éléments suivants.

1. The Pacific ocean / the Atlantic ocean (big)

....

2. The USA / Canada (large)

....

3. Miami / Swansea (famous)

....

4. Chocolate / spinach (good)

....

5 Compare les deux personnages en utilisant les adjectifs ci-dessous.

old
tall
funny
intelligent

....

....

....

WHOSE BAG IS IT?

JE RETIENS

- Pour demander **à qui** appartient quelque chose, on emploie le mot interrogatif *WHOSE*. Il faut faire attention à l'ordre des mots.

Whose *tent is this?* **A qui** est cette tente ?
Whose *shoes are they?* **A qui** sont les chaussures ?

- Pour répondre à cette question (la tente **de** Mike, elle est **à** Mike), on emploie *'s* et l'ordre des mots change.

It is **Jonathan***'s* **tent**.
C'est **la tente** de **Jonathan**.

They are my **friend***'s* **shoes**.
Ce sont **les chaussures** de **mon ami(e)**.

- Dans une réponse, on n'est pas obligé de répéter le nom, mais il ne faut pas oublier *'s*.

Whose **map** *is it? It's Margaret's* **(map)**.
A qui est la carte ? Elle est à Margaret.

1 Demande à qui sont les objets suivants.

sleeping bag

backpacks

flashlight

sunglasses

....

....

2 Réponds aux questions ci-dessus en t'aidant des éléments suivants.

1. sleeping bag → Nelson

It's ....

2. backpacks → Adrian and Jake

They're..

3. flashlight → Brook

It's..

4. sunglasses → Abigail

They're..

Be careful!

Ne confonds pas 's (contraction de is ou de has) et 's (la possession).

JE RÉVISE LE GÉNITIF

3 Regarde les images et écris des phrases comme dans l'exemple.

Exemple : It's my friend's bag.

They're my sister's glasses.

1. my mother

....

3. my father

....

2. my brother

....

4. my little sister

....

Vocabulary

map: carte
rainboots: bottes de pluie
raincoat: imperméable
umbrella: parapluie
swimsuit: maillot de bain
hat: chapeau

4 Remets les phrases dans l'ordre.

1. Whose / is / swimsuit / it / ?

....

2. is / 's / my cousin / It / hat /.

....

3. they / boots / Whose / are / ?

....

4. 's / are / Caytlin / socks / They / .

....

5 Relie les phrases à leur traduction.

My friend's house is big. •	• La maison de mes amis est grande.
My friends' house is big. •	• La tente de mes sœurs est confortable.
My sister's tent is comfortable. •	• La maison de mon ami est grande.
My sisters' tent is comfortable. •	• La tente de ma sœur est confortable.

LET'S GO TO THE MUSEUM!

Science Museum

Natural History Museum

British Museum

Tate Modern

Vocabulary

drawing: dessin
discover: découvrir
walk: marcher
meet: rencontrer
whale: baleine
learn: apprendre
flight: vol

1 Lis les descriptions ci-dessous et trouve de quel musée il s'agit.

1. In this museum, you can see paintings, drawings, sculptures... It shows modern and contemporary art. It is located on the river Thames. It is the ....

2. This museum is very important and big! It is a museum of human history and nature. You can discover prehistoric objects, mummies, statues and, paintings. It is the ....

3. This museum is great for kids. It covers palaeontology, zoology, botany... You can walk around and see skeletons, fossils and meet the impressive 126-year-old blue whale skeleton of 25 metres long, named "Hope"! It is the ....

4. This museum is the most famous of the UK's science attractions. You can learn about medicine, flights, space, climate change and discover various inventions. 2D and 3D Imax films are a remarkable experience for all the family. It is the ....

2 Trouve le vocabulaire dans les textes ci-dessus.

1. ....

2. ....

3. ....

4. ....

3 À ton avis, où peux-tu voir ces objets ?

Écris le nom du musée.

Space capsule

....

Blue whale skeleton

....

Rosetta Stone

....

Le sais-tu ?

La pierre de Rosette a été découverte en Égypte en 1799. On y trouve un texte de loi écrit en deux langues (le grec et l'égyptien ancien), et en trois écritures (le grec, le démotique et les hiéroglyphes). Grâce à Jean-François Champollion, cette pierre a permis de percer le mystère des hiéroglyphes en 1822. Sais-tu pourquoi on l'appelle la pierre de Rosette ? ....

4 Aide-toi des affiches ci-dessous pour créer une affiche pour une exposition.

Indique le nom du musée, les jours et horaires d'ouverture, le prix, l'adresse et la station de métro la plus proche et dessine le thème de ton exposition. Tu devras faire quelques recherches.

5 Dans la peau d'un guide pour enfants.

Tu es guide pour enfants au musée. Prépare ce que tu vas leur dire. Présente ce tableau (titre, peintre, date), décris-le en détail (lieu, personnages, ce qu'il sont en train de faire), donne ton avis.

Cape Cod evening,
Edward Hopper, 1939

....

....

....

....

....

Pour être plus fort(e) encore !

Révise CAN page 42, le présent BE + ING page 66.

LOOK AT HER HAIR!

JE RETIENS

- Les déterminants possessifs expriment un lien de possession.

My *friends are very nice.* **Mes** ami(e)s sont très gentil(le)s .
His car is black. **Sa** voiture est noire.

Déterminants possessifs	Mon, ma, mes	Ton, ta, tes	Son, sa, ses	Notre, nos	Votre, vos	Leur(s)
Déterminants possessifs	*my*	*your*	*His/Her Its*	*our*	*your*	*their*

- En anglais, on choisit le déterminant possessif en fonction du possesseur (si c'est une fille, un garçon, un objet…) et non en fonction du mot qui suit (masculin, féminin, pluriel) comme en français.

Si le possesseur est:
une fille, on emploie *her*: **Her** *face is round:* **Son** visage est rond.
un garçon, on emploie *his*: **His** *eyes are blue:* **Ses** yeux sont bleus.
Un animal ou un objet, on emploie *its*: **Its** *trump is very long:* **Sa** trompe est très longue.

1 Regarde les images et complète avec "his" ou "her".

1. … hair is blond.

2. … eyes are brown.

3. … hair is curly.

4. … eyes are blue.

2 Regarde les images et complète avec "his", "her", "its" ou "their".

1. …… name is Charles.

2. …… hair is brown.

3. …… neck is long.

4. …… names are Thompson and Thompson.

Help
straight: raide
curly: frisé
hair: cheveux
eyes: yeux

JE RÉVISE LES DÉTERMINANTS POSSESSIFS

3 Relie les deux colonnes.

Their eyes are brown. •	• Je parle d'un garçon.
His hair is dark. •	• Je parle de nous.
Her face is round. •	• Je parle de deux personnes ou plus.
Our eyes are blue. •	• Je parle d'une fille.

4 Coche la bonne réponse.

1. Look at Lucy! His / Her / Its hair looks great today!
2. Bob has got short black hair and his / their / her eyes are green.
3. Your / Their / Her names are Ann and Adja.
4. We live in Boston. Our / Their / Its house is very big and we have got a big garden too.

5 Lis cet email. Complète les phrases avec les bons déterminants possessifs.

@

Hi Tim,
I'm so excited to see you tomorrow! My parents will meet you at the airport at 4pm. It takes about 20 minutes to drive back home: .... house is only 10 miles away from the airport. .... mother is small and slim. .... hair is long and brown and she wears glasses. .... father is tall and strong. .... hair is short and curly and .... eyes are green.
Enjoy .... trip and see you tomorrow!

James

Vocabulary

small: petit(e)
tall: grand(e)
slim: mince
strong: fort(e), musclé(e)
glasses: lunettes
drive back home: rentrer à la maison.
Enjoy your trip!: Bon voyage !
See you tomorrow!: A demain !

IT IS RAINING!

JE RETIENS

- Pour parler d'une activité qui est en train de se dérouler au moment où l'on parle, on emploie **le présent** *BE-ing*.

Look! It is snowing! Regarde ! Il neige !

Listen! The wind is blowing! Ecoute ! Le vent souffle !

Il suffit de savoir conjuguer *BE* (voir page 6) et d'ajouter *-ing* au verbe.

	Forme affirmative	Forme négative	Forme interrogative et réponses brèves
I	*I **am** watch**ing** a film.*	*I'm **not** (am **not**) watching a film.*	***Am** I drink**ing** tea?* *Yes, you **are**.* *No, you **are**n't.*
She / He / It	*She **is** play**ing** games.*	*He is**n't** (is **not**) playing games.*	***Is** it rain**ing**?* *Yes, it **is**. No, it **is**n't.*
You / We / They	*They **are** eat**ing** chocolate.*	*We are**n't** (are **not**) eating chocolate.*	***Are** you text**ing** your friend?* *Yes, we **are**.* *No, we **are**n't.*

Attention à l'orthographe :

- Quand le verbe se termine par la lettre *-e*, celle-ci disparaît :

make = making *have = having*

- Quand un verbe d'une **seule syllabe** se termine par **consonne-voyelle-consonne** (*swim, run*...), on double sa consonne finale : *swim = swimming* *run = running*

1 Choisis la bonne réponse.

1. Mike is writting / writing an email
2. My friend and I are shopping / shoping.
3. My mother is talking / talkking to my sister.
4. I am surffing /surfing the Internet.
5. Luke is having / haveing a shower.

2 Relie les images au temps qu'il fait.

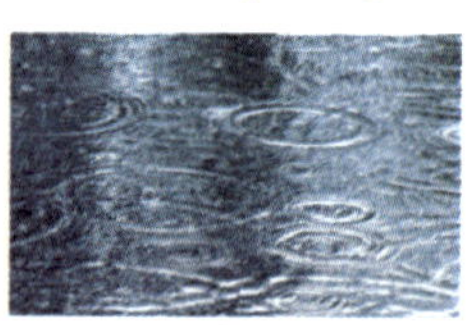

It is snowing.

It is raining.

The sun is shining.

The wind is blowing.

JE RÉVISE LE PRÉSENT *BE + ING*

3 Mets le verbe entre parenthèses au présent "be" + ing.

1. Listen! I .... the piano. (play)
2. Look! The dog .... a bone. (eat)
3. My father is busy: he........................ the car. (repair)
4. We........................ to school. (go)
5. They .... their room. (tidy)

Vocabulary

eat: manger
a bone: un os
busy: occupé
repair: réparer
tidy: ranger
work: travailler
cook: cuisiner
jump: sauter
watch TV: regarder la télévision

4 Réagis aux images comme dans l'exemple.

Ex: work
No, the boy **isn't** work**ing**!
He **is** play**ing** video games.

cook

1. No, the woman ....!
She ....

play football

2. No, the children ... .!
They ....

sleep

3. No, the cat
... .!
It ....
....

5 Remets les mots dans l'ordre pour formuler des questions. N'oublie pas les majuscules et la ponctuation.

1. you / writing / are / a message
....
2. coming / is / your friend / to the cinema
....
3. to music / Nathan and Dan / listening / are
....
4. Julie/ is / her friend/ texting/
....

Be careful!

Les *yes-no questions* commencent par un auxiliaire.
Relis bien le tableau de conjugaison avant de faire l'exercice n°5 !

MUSICALS IN LONDON

1 Lis la description des comédies musicales que tu peux voir à Londres et relie-les aux bonnes affiches.

1. London. 1910. The Banks family need a nanny for their children, Jane and Michael. They want a cheerful one. The perfect nanny - Mary Poppins herself – arrives, but her unconventional ways turn the family upside down. She ends up helping the whole family and there's a wonderfully warm happy ending.

2. This musical is lively, funny and romantic. The choreography is delightful and the show includes great classic show tunes.

3. This musical tells the story of a talented five-year-old child who adores both adults' and children's books. Her terrible parents, Mr and Mrs Wormwood, don't pay attention to their daughter. She is a very special little girl and she fights against the weird world of grown-ups.

Vocabulary

- cheerful: joyeux
- turn upside down: chambouler
- end up: finir par...
- delightful: réjouissant
- fight against se battre contre...
- grown-up: adulte
- ways: manières
- warm: chaleureux
- faithful: fidèle
- awesome: génial
- moving: émouvant

2 Trouve les mots suivants dans les textes :

nounou : ....

enfants : ....

plein d'entrain : ....

spectacle : ....

prêter attention : ....

monde : ....

3 Lis ce blog et réponds aux questions

Jody - 25 - Rochdale
I went to see Matilda last Saturday. It was a performance full of irresistible humour, talented actors and exhilarating moments! I recommend it not just for kids but for adults too. It is faithful to the original Roald Dahl story. It is creative and fun! Big thumbs up! 👍

Sam - 11 - London
I saw Matilda yesterday. Awesome! Loved it! The actors were amazing and I had a great time! I think it was better and funnier than the Lion King! Thank you Dad for the invite!

Lorie - 15 - Romsey
My mum and I saw Matilda last night! Wow! Very impressive and moving! I didn't read the book, but I can't wait to read it now!

1. They saw the musical last night:
❍ Jody ❍ Sam ❍ Lorie

2. The writer of the book is:
❍ Roald dahl ❍ Wormwood ❍ Matilda

3. She read the story:
❍ Jody ❍ Sam ❍ Lorie

4. He went there with his father:
❍ Jody ❍ Sam ❍ Lorie

5. They liked the musical:
❍ Jody ❍ Sam ❍ Lorie

Le sais-tu ?

Le West End est un quartier de Londres particulièrement connu pour ses nombreux théâtres et ses comédies musicales. Certaines comédies musicales sont jouées depuis très, très longtemps.

Sais-tu quelle comédie musicale se joue depuis octobre 1985 ?

_ _ _ _ _ _ _ _ _ _ _ _ _

Petit indice : le titre est le nom d'un célèbre roman écrit par Victor Hugo !

4 Poste ton commentaire sur un blog.

Tu as vu une superbe comédie musicale ou pièce de théâtre. Partage ton avis sur Internet (quand, avec qui, tes émotions, les acteurs, la musique…). Inspire-toi des commentaires de l'activité 3.

....

....

....

....

Pour être plus fort(e) encore !
Révise le prétérit pages 70 et 72 et le comparatif page 58.

I WAS SO HAPPY TO SEE YOU!

JE RETIENS

- Pour parler du passé, on utilise le **prétérit**. *BE* (être) a deux formes au prétérit: *was* et *were*.

I **was** *at the supermarket yesterday:* j'*étais* au supermarché hier.

- **À la forme affirmative** : *I* / *He/ She/ It* **was** *sick* — *We* / *You* / *they* **were** *sick*

- **À la forme négative**, on ajoute la négation *"not"* après *be*, souvent contractée à l'oral (*n't*).

He **was** *serious: he* **was not** *serious* ou *he* **wasn't** *serious.*

We **were** *tired: we* **were not** *tired* ou *we* **weren't** *tired.*

- **À la forme interrogative**, il suffit d'inverser le sujet et le verbe.

She **was** *surprised:* **Was** *she surprised?*

They **were** *sporty.* **Were** *they sporty?*

1 Complète avec "BE" conjugué au prétérit.

1. We...... upset
2. He ...... sick
3. She...... worried
4. They ...... hungry
5. I ...... shocked

2 Entoure la bonne réponse.

1. I was / were angry last night.
2. Where was / were your parents last summer? They was / were in Dublin.
3. This film was / were great!
4. My mother was / were in San Francisco last week.
5. My friends and I was / were at the swimming-pool yesterday.

JE RÉVISE *BE* AU PRÉRÉRIT

3 Réagis comme dans l'exemple.

She was in London last week.
No! She wasn't in London!
She was in San Francisco.

1. He was in Miami last summer.

✎ .... !

....

2. They were in New York yesterday.

✎ .... !

....

Vocabulary

be born: naître
terrified: terrifié(e)
call for help: appeler au secours

4 Choisis la bonne réponse.

1. My teacher was / were / weren't absent yesterday.
2. I weren't / wasn't / was born in England. I was born in Wales.
3. Teddy and Bruce wasn't / were / weren't terrified. They called for help.
4. Linda weren't / was / were very pretty last night.

5 Trouve les questions en utilisant les éléments entre parenthèses.

1. .... last night ? (at the cinema) - Yes, she was
2. .... last Sunday? (at the museum) - No, they weren't
3. .... last week? (in Edinburgh) - Yes, I was.
4. .... before the exam? (nervous) - No, he wasn't

I VISITED NEW YORK!

JE RETIENS

Pour parler du passé, on utilise le **prétérit**.
I visited New York last summer: J'ai visité New York l'été dernier.

- **A la forme affirmative**, il suffit d'ajouter *-ed* au verbe à toutes les personnes, sauf pour les verbes irréguliers qu'il faut apprendre par cœur (*be*, *have*, *do*, *go*...).
- **Aux formes interrogative et négative**, on a besoin d'un auxiliaire: *DID*.

Forme affirmative	Forme négative	Forme interrogative et réponses brèves
*I play**ed** the piano.*	*I **did**n't (**did not**) play the guitar.*	***Did** you play the flute?* *Yes, I **did**. No, I **did**n't.*
*She **went** to Scotland.* (*go*: verbe irrégulier)	*She **did**n't (**did not**) go to the USA.*	***Did** she go to Canada?* *Yes, she **did**. No, she **did**n't.*

Attention à l'orthographe :

- Quand le verbe se termine par la lettre *-e*, on ajoute seulement *-d* : *close: close**d***
- Quand le verbe se termine par la lettre *-y*, celle-ci se transforme en *-i* : *carr**y**: carr**i**ed*
- Quand un verbe d'une **seule syllabe** se termine par **consonne-voyelle-consonne** (*stop*...), on double sa consonne finale: *sto**p** = sto**pp**ed*

1 Choisis la bonne réponse.

1. play: played / plaied
2. hope: hopped / hoped
3. open: opend / opened
4. scream: screamd / screamed
5. cry: cryed / cried

Help
hope: espérer
scream: crier
cry: pleurer

2 Mets le verbe entre parenthèses au prétérit.

1. I .... my mum this morning. (call)
2. My sister .... my grandmother yesterday. (visit)
3. My father .... my mother in 2001. (marry)
4. They .... basketball. (practise)
5. He .... the car next to the hospital. (stop)

JE RÉVISE LE PRÉTÉRIT

3 Mets les verbes suivants au prétérit et classe-les dans la bonne colonne. Vérifie s'ils sont réguliers ou irréguliers en début et en fin d'ouvrage.

Verbes réguliers	Verbes irréguliers
asked	wrote

ask – write
give – play
save – come
follow – visit
see – make
drink – eat
touch – have
take –pass
stay

4 Réagis aux images comme dans l'exemple.

Exemple : play golf
No, we didn't play golf!
We played football.

2. 1 – 0 score three goals
No, they ....!
They ....

1. visit the British museum
No, I ....!
I ....

3. go to London
No, she ....!
She ....

5 Remets les mots dans l'ordre pour faire des questions. N'oublie pas les majuscules et la ponctuation.

1. you / go / did / to the swimming-pool / yesterday

....

2. have / did / Oliver / a sandwich / for lunch

....

3. did / watch / Tina and her sister / a film / last night

....

....

MY PLANS FOR THE FUTURE!

JE RETIENS

- La structure *be going to* + **verbe** permet de parler de projets et d'exprimer ce qui va avoir lieu dans le futur. Elle est souvent associée à des mots ou expressions tels que : *tomorrow*, *next week*, *in three days*...

We **are** *going* **to** *see Big Ben tomorrow* → Nous allons voir Big Ben demain.
Look at the sky! I think it **is** *going* **to** *rain* → Regarde le ciel! Je pense qu'il va pleuvoir.

- La conjugaison est très facile: il suffit de savoir conjuguer *be* au présent (voir page 6) et d'ajouter *going to* + **un verbe**.

	Forme affirmative	Forme négative	Forme interrogative
I	*I* **am** *going* **to** *visit Cardiff.*	*I'm* **not** (**am not**) *going* **to** *visit Oxford.*	**Am** *I going* **to** *see Big Ben?*
She/he/it	*She* **is** *going* **to** *visit Cardiff.*	*He* **isn't** (**is not**) *going* **to** *visit Oxford.*	**Is** *it going* **to** *rain?*
You/we/they	*They* **are** *going* **to** *visit Cardiff.*	*We* **aren't** (**are not**) *going* **to** *visit Oxford.*	**Are** *you going* **to** *see Big Ben?*

1 Entoure la bonne réponse.

1. Helen am / is / are going to pack up.
2. His brothers am / is / are going to come tonight.
3. Am / Is / Are your parents going to visit us next week?
4. No, I don't think it am / is / are going to snow!
5. Mum, am / is / are we going to go skiing next winter break?

Help
come: venir
pack up: faire ses valises
visit: rendre visite
winter break: vacances d'hiver

2 Observe les images et coche la bonne réponse.

1. My parents and I .... going to go to Italy this time.

❍ are ❍ aren't

2. It .... going to rain.

❍ Is ❍ isn't

3. We .... going to eat pizza.

❍ are ❍ aren't

4. I .... going to eat ice cream.

❍ am ❍ am not

JE RÉVISE LE FUTUR
BE + GOING TO

3 Regarde les images et écris ce qu'il va se passer. Utilise les verbes ci-dessous.

visit - have - play - score

1. She ....
a baby in one month.

2. He ....
a goal.

3. They ....
New York next summer.

4. I ....
video games this afternoon.

4 Formule des phrases affirmatives (+), négatives (-) ou interrogatives (?) avec «be going to» + verbe.

1. + I .... my grandmother next week. (visit)
2. ? .... your friends .... to the cinema with you? (go)
3. - Drake .... a sandwich for lunch. (have)
4. ? .... you .... Lizzie to tell her you are in love with her? (call)
5. - We .... in a tent! It is too cold! (sleep)

5 Quels sont tes projets pour les prochaines vacances ? Écris au moins quatre phrases comme dans l'exemple.

go to the cinema - go to the swimming-pool - go to the museum
go to the beach - travel abroad - hang out with my friends
visit my family - do sport - read books or comics

I'm going to go to the cinema with my friends. I'm not going to travel abroad.

....

....

Vocabulary

travel abroad: voyager à l'étranger.
go to the beach: aller à la plage
hang out with: sortir/traîner avec

HARRY POTTER TOUR

Le sais-tu ?

La saga littéraire Harry Potter est connue dans le monde entier ou presque. Les 7 livres ont été traduits en 80 langues et il y a eu plus de 500 millions d'exemplaires vendus !

Tu peux aussi visiter les studios Warner où la plupart des scènes des 8 films sur Harry Potter ont été tournées. Sais-tu pourquoi il y a 8 films et non 7 ?

....

1 Voici des lieux à Londres où certaines scènes des films de la saga Harry Potter ont été filmées.

Lis les descriptions, trouve la bonne image et écris le nom de cet endroit.

1.

2.

3.

4.

London Zoo - Leadenhall market - King's Cross station - Millennium Bridge

A. In the movies, this place appears many times with the famous Hogwarts Express. Lots of people take pictures near the mysterious platform 9 3/4 .

Picture n° .... Name: ....

B. You can find Diagon Alley in this beautiful historical market in London.

Picture n° .... Name: ....

C. In *Harry Potter and the Half Blood Prince*, the Death eaters attack this famous bridge not far from St.Paul's Cathedral.

Picture n° .... Name: ....

D. If you want to try to speak Parseltongue, the magical language of snakes, you are welcome to visit this place.

Picture n° .... Name: ....

2 Trouve les mots suivants :

gare : .... quai : ....

marché : .... pont : ....

3 Lis cet article de presse et réponds aux questions

Trouve les mots suivants dans les textes :

HARRY POTTER: £60,000 FOR THE FIRST EDITION BOOK

M. Terrence **Friday 16 October 2020**

£60,000 : that is the amount of money that was paid for a first edition of Harry Potter and the Philosopher's Stone at a recent auction. The rare copy of JK Rowling's book can be recognised as a first edition because "1 wand" is repeated twice on page 53 and there is a typo on the back cover: the title is spelt Philospher's stone.

The vendor, a British man who did not want to reveal his identity, bought the book for his children around 18 months after the first publication in June 1997. He says he will use the money to pay off his daughter's student loans.

1. The author of the Harry Potter books is ....

2. The first edition book was sold in a bookstore: ❍ right ❍ wrong

3. We know it is the first edition of Harry Potter and the Philosopher's Stone because:

- ....

- ....

4. The vendor bought the book for his 18-month-old child.

❍ right ❍ wrong

5. His daughter is a student.

❍ right ❍ wrong

Vocabulary

- sold: vendue
- amount: montant
- auction: les enchères
- twice: deux fois
- wand: baguette
- a typo: une faute de frappe
- spelt: orthographié
- buy (bought au passé): acheter
- loan: prêt
- recognise: reconnaître
- bookstore: librairie

4 Improvise-toi journaliste

Imagine l'édition d'un livre qui s'est vendue à prix d'or et rédige un article en t'aidant largement de celui sur Harry Potter.

....

....

....

....

....

....

Pour être plus fort(e) encore !

Révise le **prétérit** pages 70 et 72.

CORRIGÉS

CORRIGÉS

You and I

1

it

she

they

he

they

2 Queen Elizabeth → she

My friend and I → we

The giraffe → it

My two sisters → they

Barack Obama → he

My dog Snoopy → he

Lisa Simpson → she

3

Hi,

My name's **Dorothy**. I'm 12 years old. I'm Irish. I have a sister. Her name is **Mary** and she is two years old. I have **a brother** too. He is fifteen years old. I love **my brother and my sister**: they are very funny. We live in London with **our parents**. They are very cool! Write back soon!

XOXO

Dorothy

4
1. he
2. she
3. it
4. I
5. we

5
1. **She** is **American**.
2. **He** is **Australian**.
3. **They** are **Irish**.
4. **I** am **Canadian**.
5. **We** are **French**.

To be or not to be...

1
1. I **am** happy.
2. He **is** sad.
3. They **are** tired.
4. She **is** nervous.
5. You **are** scared.

2
1. am
2. is
3. is
4. is
5. are

3
1. They aren't American. They are British.
2. He isn't ten years old! He is eight years old.
3. She isn't angry! She is happy.

4
1. is
2. she's
3. are
4. I'm

5 She isn't French. → Elle n'est pas française.

Are they French? → Est-ce qu'elles sont françaises?

We aren't tired. → On n'est pas fatigués.

Is he Australian? → Est-ce qu'il est australien?

I'm not thirsty. → Je n'ai pas soif.

She is French. → Elle est française.

Welcome to the United Kingdom!

Le sais-tu? Le Brexit

1
1. London is the capital city of **England**.
2. The name of the river in London is: **River THAMES**.
3. The English Channel is **a sea**.
4. In French, it is **LA MANCHE**.
5. The British flag is **blue**, **red**, **white**

CORRIGÉS

2 1. Edinburgh **is** in Scotland.
2. London **isn't** in Wales.
3. Liverpool **is** in England.
4. The United Kingdom **isn't** part of the European Union.

3 Name: Julian
Age: 11
Nationality: English
City: London
Hello!
I'm happy to see you soon!
Write back soon!
Take care!

4

Réponse personnelle :
Hello!
My name's xxx and I'm eleven years old. I'm French and I live in … with my mother and my father.
I have two sisters and a dog.
I'm happy to see you too,
Take care,
Xxxx

A, an or Ø?

1 1. **a** dog
2. **Ø** hamsters
3. **an** eagle
4. **a** mouse
5. **Ø** alligators

2 Elephants: des éléphants – An elephant: un éléphant – A dog: un chien – Dogs: des chiens – A cat: un chat

3 1. Ø – 2. a – 3. an – 4. Ø – 5. a

4 A = monkey – pig – lion – zebra
AN = ant – antelope
Ø = birds – horses – tigers – owls

5 Mark: 2/5

"I have Ø pets : I have a dog and a cat. I want a rabbit but my mother is allergic. What about you, Do you have pets ?"

See the red letterbox?

1 The cow = La vache – The cows = Les vaches – Cows = Les vaches – The pig = Le cochon – The pigs = Les cochons – Pigs = Les cochons

2 1. Ø
2. the
3. Ø
4. Ø
5. the

3 1. **Ø** elephants are grey.
2. Listen to **the** cocks!
3. **Ø** Penguins are black and white.
4. Look at **the** gazelle!
5. **The** dolphins are very beautiful!

4 1. The dog is big.
2. Snakes are scary.
3. The lion is tired.

5 What about you? Do you like the animals. Do you have pets?

Do you like **Ø** animals?

London, here I come!

1 1. The name of the train is the **Eurostar.**
2. The name of the train station in London is **Saint Pancras.**
3. The departure is on **the tenth of June**.

CORRIGÉS

4. The train departs from London **in the morning**.
5. It arrives in Paris at **1.47 pm**.
6. The gate closes at **1.17 pm**.

❷ Création personnelle (seat: siège ; Coach: voiture)

❸ The name of the green line is **District**.
The name of the light blue line is **Waterloo and City**.
The Circle line is **yellow**.
The Jubilee line is **grey**.

Le sais-tu ? The Tube

A bus, two buses

❶ 1. tomatoes
2. ladies
3. bananas
4. matches
5. Bays
6. addresses

❷

men: les hommes

child: l'enfant

mouse: la souris

children: les enfants

mice: les souris

man: l'homme

❸ 1. bananas
2. goldfish
3. feet
4. knives

❹ 1. lives
2. boxes
3. leaves
4. puppies
5. shelves

❺
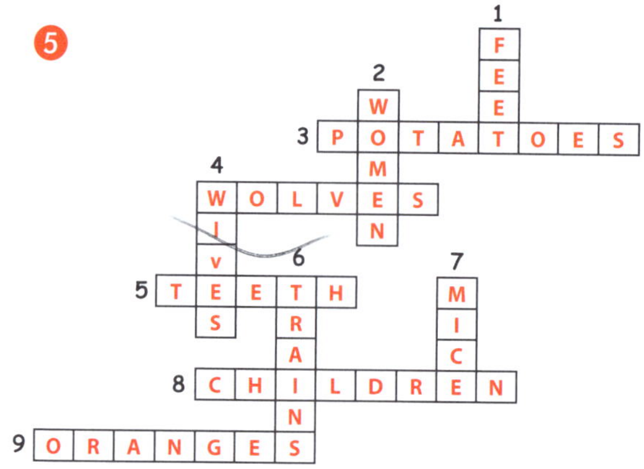

I have got an idea!

❶ Thomas → has got

My parents → have got

You → have got

The cat → has got

Derek and I → have got

She → has got

Lucy and Meg → have got

❷ 1.

2.

❸ 1. has got
2. Have you got
3. haven't got
4. has got

❹ 1. Have you got a dog?
2. Have you got a skateboard?
3. Have you got a bike?
4. Have you got a computer / a laptop?

CORRIGÉS

5 1. Sam has got a playstation.
2. Sam hasn't got a watch.
3. Sam hasn't got a violin.
4. Sam has got a tennis racket.

London sightseeing bus tour

1 1. The London Eye
2. Saint Paul's cathedral
3. Big Ben
4. The British museum

2 1. Buckingham Palace
2. red
3. 32
4. 160 years old.
5. a tower

3 1. 7 in the evening and 8 in the evening
2. right
3. at night
4. Spanish Polish Italian German
5. Twenty pounds.

4 Réponse personnelle :
Where is Tower Bridge?
What is the name of the Queen?
How old is the British Museum?
Where does the Prime Minister live?
What is the Gerkhin?
Where is the Tower of London?

Le sais-tu ? 10 Downing Street

What's the date today?

1 February – Monday

2 1. Happy **eleventh** birthday! – 2. Happy **thirtieth** birthday! – 3. the **fifth** of August – 4. March the **fifteenth** – 5. the **first** of June

3

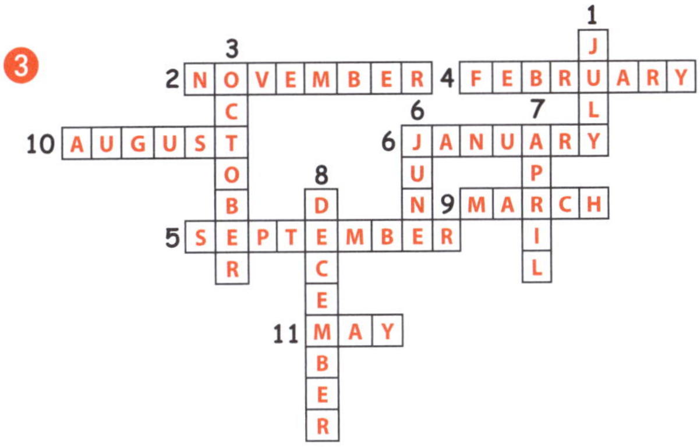

4 1. Sunday May 11th – 2. March the third
3. January the first – 4. October the thirty-first
– 5. April 1st

5 Christmas is on **December the twenty-fifth** / **the twenty-fifth of December**
– April Fool's day is on **April the first**/ **the first of April.**
– My birthday is on **mois + the + nombre ordinal** / **the + nombre ordinal + of + mois**

What time is it?

1  → It is quarter past six

 → It is quarter to six

 → It is half past two

 → It is ten past one

 → It is four o'clock

 → It is five to three

2 1. 11 p.m. – 2. 10.30 a.m. – 3. 5.15 a.m.
4. 8.45 p.m.

CORRIGÉS

3 Il est deux heures moins le quart = It is quarter to two

Il est quatre heures et demie = It is half past four

Il est huit heures vingt-cinq = It is twenty-five past eight

Il est cinq heures et quart = It is quarter past five

Il est minuit = It is midnight

Il est six heures cinq = It is five past six

4
1. It's ten past two
2. It's half past nine
3. It's quarter to nine
4. It's quarter past seven
5. It's ten to eleven

5
1. It's midnight
2. It's quarter to four
3. It's half past ten
4. It's ten past four

Let's go to Hyde Park!

1 Photo n°1:
Princess Diana Memorial Playground

Photo n°2:
The Serpentine.

2 Dessin personnel
(on peut y trouver :
des pédalos
un bateau pirate
des jouets et des sculptures
une plage
des tipis
un café (des glaces))

3
Please supervise your children at all times

Glass bottles or jars are not allowed.

Cycling, rollerblading and ball sports are not allowed.

Smoking is not permitted in the playground.

Alcohol is not permitted in the playground.

4 You must **supervise your children at all times**.
You mustn't **bring glass bottles or jars**.
You mustn't **smoke or drink alcohol**.
You mustn't **cycle in the playground**.
You mustn't **play ball sports**.

How old are you?

1
1. Where
2. When
3. What
4. Who

2

When

Who

How old

What

3
1. Who
2. When
3. Where
4. How

4
1. in New York
2. my best friend
3. Because I was sick.
4. I was born in 2005.

5
1. How old are you?
2. Where are you from?
3. When is your birthday?
4. What book do you prefer?

CORRIGÉS

Yes we can!

1. **WH-questions** = Where are you from? – How old are you? – Who is this man?

   Yes/No questions = Are you 12? – Has she got a cat ? – Is she French?

2. 1. Yes, I do.
   2. They have got a bike.
   3. She is in the garage.
   4. Yes, I am.

3. Where are you from? → I'm from Dublin.
   Who are you? → I'm Elly.
   Are you Elly? → Yes, I am.
   Why are they late? → They missed their bus.
   Are they from Dublin? → No, they aren't.

4. 1. Yes, I have.
   2. No, I don't.
   3. Yes, he is.
   4. No, they don't.
   5. Yes, I am **ou** No, I'm not.

5. 1. How old are you?
   2. Where are you from?
   3. Do you like chocolate? / Do you live in New York?
   4. Have you got a sister/ brother …?
   5. Have you got a computer/ a pet …?

Let's make scones!

1. 1. butter - 2. flour - 3. milk - 4. currants
   5. egg - 6. sugar

2. 225g : **two hundred and twenty-five grams**
   50g : **fifty grams**
   25g : **twenty-five grams**
   150ml : **one hundred and fifty millilitres**

3.

N° 4

N° 2

N° 6

N° 5

N° 1

N° 3

4. There are some oranges.
   There is some bread.
   There are three eggs.
   There is some vanilla extract.
   There is some salt and some sugar.
   There is some milk.
   There are some currants.
   There is some rum.

Come and see me!

1. Open your books! – Write your name! – Be good! – Listen to the teacher!

2.

= Write the date!

= Don't listen to music!

= Don't be late!

= Don't run in the corridors!

3. Turn off your phones! → Éteignez vos téléphones !

   Don't turn on your phones! → N'allumez pas vos téléphones !

CORRIGÉS

Close your books! → Fermez vos livres!

Don't close your books! → Ne fermez pas vos livres!

4 Don't chat with your classmates! – Be quiet! – Don't be late! – Be serious! – Turn off your phones!

5

Don't chat in class!

Open the window!

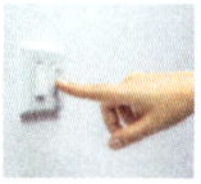

Turn on the light!

Write the lesson!

There is cat on the roof!

1 1. In my room, there **is** a bed in front of the window.
2. There **are** two chairs next to the table.
3. Look! There **is** my bag under the table.
4. There **are** two rackets behind the door.

2 1. is
2. aren't
3. Are
4. Is
5. isn't

3 There is a kitchen.
There are two bedrooms.
There is a living-room.

4 Is there a trampoline in your garden?
Are there two bathrooms?
Is there a barbecue in your garden?
Are there any trees?

5 **Réponses personnelles. Exemples :** In my dream house, there is a big garden and a big television. – There is a swimming-pool but there isn't a trampoline. – There are 10 bedrooms and 4 bathrooms. – There aren't any ghosts!

Madame Tussauds Museum

1 A. His name is **Usain Bolt**. It is picture 2.
B. Her name is **Jessica Ennis-Hill**. It is picture 1.
C. Her name is **Kate Winslet**. It is picture 4.
D. His name is **Leonardo Di Caprio**. It is picture 3.

2 grand : **tall** court: **short** cheveux : **hair**
yeux : **eyes** costume : **suit** chemise : **shirt**
cravate : **tie**

3 1. She is Prince Philip's wife:
Queen Elizabeth II.

2. She is King Charles III 's mother:
Queen Elizabeth II.

3. He is Meghan Markle's husband:
Prince Harry.

4. He is Queen Elizabeth II's grandson and Kate Middleton husband:
Prince William.

4 **Réponse personnelle.**

Exemples : She is Queen Elizabeth II's sister (Princess Margaret).

They are King Charles III 's brothers
(Prince Andrew and Prince Edward)

She is Prince William's wife
(Kate Middleton: Catherine, Duchess of Cambridge).

5 **Réponse personnelle.**

Exemple: He is tall and slim. He has got short brown hair and blue eyes. He is wearing a white shirt and black trousers.

He is an actor.

CORRIGÉS

I want some cake!

1. 1. some
   2. any
   3. any
   4. some
   5. any

2. 1. I need **some** flour.
   2. Have you got **any** sisters?
   3. I would like **some** tea.
   4. There isn't **any** butter in the fridge.
   5. Are there **any** cookies in the box?

3. There are some cakes. / There aren't any eggs.

4. **Exemples :** There is some chicken and some milk, but there aren't any apples.

5. 1. any
   2. some
   3. some
   4. any

Can you speak english?

1. I can sing and dance. → Je sais chanter et danser.

   I can't sing or dance. → Je ne sais pas chanter ou danser.

   Can I phone my friends? → Est-ce que je peux appeler mes ami(e)s?

   He can't ride a horse. → Il ne sait pas faire du cheval.

   You can't phone your friends. → Tu ne peux pas appeler tes ami(e)s.

   She can ride a horse. → Elle sait faire du cheval.

2. 1. can
   2. Can
   3. can't
   4. can

3. Texte 1: Mia
   Texte 2: Judith
   Texte 3: Salma

4. **Exemples** : I can't ride a horse. – I can dance. – I can't ski. – I can play football.

5. Can you ride a bike?
   Can you speak English?
   Can you sing?
   Can you play rugby?

Arsenal Football Club

1. 1. Arsenal Football Club is in London: **right**.
   2. It was created in: **1886**.
   3. What colour is their kit? **Red**.
   4. The name of their stadium today is **Emirates**.
   5. Their biggest rival is **Tottenham Hotspur**.
   6. Arsenal is a successful team: **right**.

2. Création personnelle (rouge et blanc)

3. 1. Dressing room → Vestiaires
   Players' tunnel → Tunnel des joueurs
   Pitch → Terrain
   Dugout → Banc des joueurs
   Press conference room → Salle de presse
   2. 1. £15
      2. £20
      3. 4
      4. Yes, we can.

4. **Réponse personnelle.**
   I want to visit the stadium because I love football and I dream of visiting a stadium.
   I don't want to visit the stadium because I don't like football. I'm not interested.

CORRIGÉS

You mustn't be late!

❶ You mustn't use your phone →

You must stop →

You mustn't take photos →

You mustn't smoke here →

❷ 1. mustn't
2. must
3. must
4. mustn't
5. must

❸ Pupils must be late. – Pupils must text their friends. – Pupils mustn't work.

❹ 1. Pupils must wear a uniform.
2. You mustn't be late.
3. Pupils must work.
4. They mustn't run in the corridors.

❺ Witches and wizards must respect adults and prefects. – They mustn't go out after 10 pm. – They mustn't be late for school. – They must wear a uniform. – They mustn't do magic outside school. – They mustn't go to the forbidden forest.

I like superhero films!

❶ I → like
My friends → like
Peter and Matthew → like
Gill → likes
the dog → likes
Emma → likes
He → likes

❷ 1. wants
2. Do you like
3. don't get up
4. plays
5. brush

❸ 1. Natalia **does** her homework.
2. Dylan **washes** his car every month.
3. My father **goes** to work by bus.
4. My brother **takes** the bus to go to school.
5. She **studies** English and Spanish.

❹ 1. She doesn't like TV series.
2. I don't play the piano. I play the guitar.
3. Does he watch TV every day?

❺ **Exemples:** I **always** brush my teeth. – I **often** tidy my room. – I **sometimes** make my bed. – I **always** have a shower in the morning. – I **never** play video games after school.

Buskers of Covent Garden

Le sais-tu ?
Pygmalion

❶ 1. Serena
2. Her parents
3. In London, Covent garden
4. Yes, she does.

❷ See you soon → À bientôt
Have a wonderful time → Passer un merveilleux moment
Take care → Prenez soin de vous

❸ 1. She is spitting fire.
2. She is playing with a hula hoops.
3. The band is playing classical music. OU They are playing classical music.

CORRIGÉS

4 1. He is riding a unicycle.
2. They are playing classical music.
3. He is juggling.

5 **Réponse personnelle.**

Hey xxxxx,

How are you?
I'm writing to you from …. I'm taking photos in Hyde Park and I'm eating an ice cream. There are lots of squirrels here, they are so cute. I'm having a wonderful time. I love London, everything is great! There are lots of things to visit and see.

See you soon!

Take care,
Xxx

I love you! Do you love me?

1     

them it them her him

2 I know / don't know **her**. – I know / don't know **them**. – I know / don't know **him**.

3

Hi Tim,

Are you excited to come and visit us next month? I can't wait to meet you! My two sisters are excited too. You will love them. They are so cool! Have you got any sisters? Do you get along with them? My parents are a bit strict but don't worry, they are funny! My father always makes jokes: I love him. My mother often takes us to the cinema and to the museum. Are your parents cool or strict? What do you do with them? See you soon!

James

4 1. him
2. it
3. us
4. me

5 1. I love **him**.
2. I get along with **them**.
3. I don't know **her**.
4. Do you like **it**?
5. Are you coming with **us**?

How much is it?

1 water → HOW MUCH

money → HOW MUCH

homework → HOW MUCH

jackets → HOW MANY

hats → HOW MANY

skirts → HOW MANY

2 1. **How much** water is there?
2. **How many** scarves have you got?
3. **How many**?
4. **How much** are they?
5. **How many** pairs of trainers have you got?

3 How much is the T-shirt? → It is £15.

How many skirts have you got? → I have got 4.

How much are the trousers? → They are 50€.

How many pairs of trainers has she got? → She has got 5.

How much have you got? → I have got $30.

4 1. How much is the coat?
2. How many caps have you got?
3. How much have you got?
4. How much are the boots?

CORRIGÉS

5 Euro → € → France 

Canadian dollar → $ → Canada 

Pound → £ → The United Kingdom 

Dollar → $ → The United States 

Let's go shopping!

Le sais-tu?
Hugh Grant

1 Harrods: **Picture n° 4**
Carnaby Street: **Picture n° 2**
Portobello Road Market: **Picture n° 1**
Oxford Street: **Picture n° 3**

2 I want to buy cheap souvenirs.→ **Oxford Street**

I want to find vintage clothes and antiques.→ **Portobello Road Market**

I need plates, glasses and a table.→ **Harrods**

I want to buy cool T-shirts and jeans.→ **Carnaby Street, Harrods, Oxford Street**.

3 1. It is four pounds ninety-nine.
2. They are three pounds forty-nine.
3. It is fourteen pounds ninety-nine.
4. It is seven pounds ninety-nine.

4 How much is the flag?
How much are the mugs?
How much is the London bus?
How much is the purse?

Taller, stronger, better

1 **Adjectif + er** = small – lazy – big

More + adjectif = expensive – comfortable – exciting – famous

2 1. taller – 2. messier – 3. more expensive. 4. more dangerous – 5. worse

3 1. more populated – 2. bigger – 3. older 4. longer

4 1. The Pacific ocean is bigger than the Atlantic ocean.
2. The USA is larger than Canada.
3. Miami is more famous than Swansea.
4. Chocolate is better than spinach.

5 The girl is older than the boy. – The girl is taller than the boy. – The girl is funnier than the boy. – The boy is more intelligent than the girl.

Whose bag is it?

1 Whose sleeping bag is it? – Whose backpacks are they? – Whose flashlight is it? – Whose sunglasses are they?

2 1. It's Nelson's (sleeping bag).
2. They're Adrian's and Jake's (backpacks).
3. It's Brook's (flashlight).
4. They're Abigail's (sunglasses).

3 1. It 's my mother's map.
2. They're my brother's rainboots.
3. It's my father's raincoat.
4. It's my little sister's umbrella.

4 1. Whose swimsuit is it?
2. It's my cousin's hat.
3. Whose boots are they?
4. They're Caytlin's socks.

CORRIGÉS

5 My friend's house is big. → La maison de mon ami est grande.

My friends' house is big. → La maison de mes amis est grande.

My sister's tent is comfortable. → La tente de ma soeur est confortable.

My sisters' tent is comfortable. → La tente de mes soeurs est confortable.

Let's go to the museum!

1
1. Tate Modern
2. British Museum
3. Natural History Museum.
4. Science Museum

2
1. painting
2. skeleton
3. mummy
4. space

3 Space capsule: **Science Museum**
Blue whale skeleton: **Natural History Museum**
Rosetta stone: **British Museum**

Le sais-tu ? Rosette est le nom du village égyptien où la pierre a été trouvée.

4 Création personnelle

5 This painting is called Cape Cod Evening and it was painted by Edward Hopper in 1939. On this painting, we can see a couple and a dog: they are outside, near a house. The dog is playing in a field and the couple is in front of their house. The man is sitting on the front door stair and the woman is standing next to him. They look sad or angry and I think they cannot talk to each other. I like this painting/ I don't like this painting because it is....

Look at her hair!

1
1. **Her** hair is blond.
2. **His** eyes are brown.
3. **His** hair is curly.
4. **Her** eyes are blue.

2
1. **His** name is Charles.
2. **Her** hair is brown.
3. **Its** neck is long.
4. **Their** names are Thompson and Thompson.

3 Their eyes are brown. → Je parle de deux personnes ou plus.

His hair is dark. → Je parle d'un garçon.

Her face is round. → Je parle d'une fille.

Our eyes are blue. → Je parle de nous.

4
1. Her
2. his
3. Their
4. Our

5

Hi Tim,
I'm so excited to see you tomorrow!
My parents will meet you at the airport at 4pm. It takes about 20 minutes to drive back home: our house is only 10 miles away from the airport. My mother is small and slim. Her hair is long and brown and she wears glasses. My father is tall and strong. His hair is short and curly and his eyes are green. Enjoy your trip and see you tomorrow!
James

CORRIGÉS

It is raining!

❶ 1. writing
2. shopping
3. talking
4. surfing
5. having

❷

→ The sun is shining.

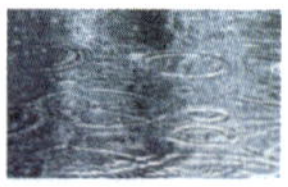

→ It is raining.

→ The wind is blowing.

→ It is snowing.

❸ 1. I **am playing** the piano.
2. The dog **is eating** a bone.
3. He **is repairing** the car.
4. We **are going** to school.
5. They **are tidying** their room.

❹ 1. No, the woman isn't cooking! She is working.
2. No, the children aren't playing football. They are eating.
3. No, the cat is not sleeping. It is jumping/playing in the garden.

❺ 1. Are you writing a message?
2. Is your friend coming to the cinema?
3. Are Nathan and David listening to music?
4. Is Julie texting her friend?

Musicals in London

❶

1. → **Matilda**

2. → **Mary Poppins**

3. → **Singin' in the Rain**

❷ nounou : **nanny**

enfants : **children**

plein d'entrain : **lively**

spectacle : **show**

prêter attention : **pay attention**

monde : **world**

❸ 1. Sam ; Lorie
2. Roald Dahl
3. Jody
4. Sam
5. Jody ; Sam ; Lorie

❹ **Réponse personnelle.**
I went to see xxxx last night with my mother, my father and my sister. I had a wonderful time. It was funny, creative and delightful. The actors were awesome and the music was lively! It was full of humour, and thrilling moments. I recommend it!

Le sais-tu?
Les Misérables

CORRIGÉS

I was so happy to see you!

1
1. We **were** upset.
2. He **was** sick.
3. She **was** worried.
4. They **were** hungry.
5. I **was** shocked.

2
1. was
2. were, were
3. was
4. was
5. were

3
1. No, he wasn't in Miami. He was in New York.
2. No, they weren't in New York. They were in London.

4
1. was
2. wasn't
3. were
4. was

5
1. Was she at the cinema last night?
2. Were they at the museum last Sunday?
3. Were you in Edinburgh last week?
4. Was he nervous before the exam?

I visited New York!

1
1. played
2. hoped
3. opened
4. screamed
5. cried

2
1. I **called** my mum this morning.
2. My sister **visited** my grandmother yesterday.
3. My father **married** my mother in 2001.
4. They **practised** basketball.
5. He **stopped** the car next to the hospital.

3 **Verbes réguliers :** played – saved – followed – visited – touched – passed – stayed

Verbes irréguliers : gave – came – saw – made – drank – ate – had – took

4
1. No, I didn't visit the British museum. I visited Big Ben.
2. No, they didn't score three goals. They scored one goal.
3. No, she didn't go to London. She went to Paris.

5
1. Did you go to the swimming-pool yesterday?
2. Did Oliver have a sandwich for lunch?
3. Did Tina and her sister watch a film last night?

My plans for the future!

1
1. is
2. are
3. are
4. is
5. are

2
1. are
2. isn't
3. are
4. am

3
1. She is going to have a baby in one month.
2. He is going to score a goal.
3. They are going to go to New York next summer.
4. I am going to play video games this afternoon.

4
1. I **am going to visit** my grandmother next week.
2. **Are** your friends **going to go** to the cinema with you?
3. Drake **isn't going to have** a sandwich for lunch.

CORRIGÉS

4. **Are** you **going to call** Lizzie to tell her you are in love with her?
5. We **aren't going to sleep** in a tent.

5 **Réponses personnelles.**

Exemples : I'm going to go to the museum with my parents. – I'm going to go to the beach.

Harry Potter tour

Le sais-tu?

Le dernier tome a été divisé en 2 films.

1 A. Picture n°2
Name: **King's Cross Station**

B. Picture n° 4
Name: **Leadenhall Market**

C. Picture n°1
Name: **Millennium Bridge**

D. Picture n°3
Name: **London Zoo**

2 gare : **station** quai : **platform**
marché : **market** pont : **bridge**

3
1. The author of the Harry Potter book is **J.K. Rowling**
2. The first edition book was sold in a bookstore: **wrong**
3. We know it is a first edition of Harry Potter and the Philosopher Stone because the title is spelt: **The Philospher's stone (there is a typo) and 1 wand is repeated twice on page 53.**
4. The vendor bought the book for his 18-month-old child: **wrong**
5. His daughter is a student: **right**

4 **Réponse personnelle.**

LORD OF THE RINGS: £80.000 for the first edition book.

M. Graham
Tuesday 10 November 2019
£80,000 : that is the amount of money that was paid for a first edition of Lord of the Rings, the Fellowship of the Ring at a recent auction. The rare copy of JRR Tolkien book can be recognised as a first edition because it is written "Number 33" on page 28, instead of "Number 3". The vendor, an Irish woman who did not want to reveal her identity, bought the book when she was a teenager. She says she will use the money to travel around the world.

PHONÉTIQUE

lettre	son	exemple anglais	exemple français	commentaire
a	*a*	**hat** *Hat*	***patte***	Dans une syllabe accentuée, le ***a*** se prononce généralement *a* quand il précède une consonne seule ou une double consonne (**hat**, **clapping**) et *èï* quand il précède une consonne suivie d'un ***e*** (**cake**).
	èï	**hate** *Hèït*	***groseille***	
c	*k*	**cup** *keup*	***canapé***	Devant **a**, **o** et **u** se prononce *k*. Devant **e** et **i** se prononce *s*.
	s	**citizen** *sitizeun*	***cinéma***	
ch	*tch*	**change** *tchéindj*, **cheap** *tchip*	***tchèque***	Se prononce la plupart du temps *tch*.
	k	**chemist** *kèmist*, **Christmas** *krismeus*	***cathédrale***	
e	*è*	**jet** *djèt*	***ère***	Dans une syllabe accentuée, le ***e*** se prononce généralement *è* quand il précède une consonne seule ou une double consonne et *i* quand il précède une consonne suivie d'un ***e***.
	i	**scene** *sin*	***piscine***	
g	*g*	**gas** *gass*, **gossip** *gossip*	***gâteau, guerre***	Devant **a**, **o** et **u** se prononce *g*, devant **e**, **i** et **y**, *dj*.
	dj	**gym** *djim*, **general** *djènereul*	***gin***	
h	*h*	**hat** *Hat*		Le ***h*** est toujours aspiré, sauf dans les mots suivants et leurs dérivés : **hour**, **honour**, **honest**, **heir**.
i	*i*	**kit** *kit*	***pire***	Dans une syllabe accentuée, le ***i*** se prononce généralement *i* quand il précède une consonne seule ou une double consonne et *aï* quand il précède une consonne suivie d'un ***e***.
	aï	**kite** *kaïte*	***haïr***	
j	*dj*	**jump** *djeump*	***John***	
kn	*n*	**knee** *ni*	***niche***	Le son ***k*** n'est jamais prononcé devant la lettre **n**.
n	*n*	**name** *nèïm*	***nom***	
	ng	**singer** *sinngueu*		Le ***n*** est nasalisé devant ***g***.
o	*o*	**not** *not*	***cosse***	Dans une syllabe accentuée, le ***o*** se prononce généralement *o* quand il précède une consonne seule ou une double consonne et *ow* quand il précède une consonne suivie d'un ***e***.
	ow	**note** *nowt*	***oh !***	
psy	*saï*	**psychology** *saïko-leudji*		Le ***p*** n'est jamais prononcé devant ***sy***.
sh	*sh*	**shop** *chop*	***charivari***	
th	*Z*	**this** *Zis*		Ces sons n'existent pas en français. Ils se prononcent en plaçant le bout de la langue entre les dents du haut et du bas. Le premier se rapproche du ***z*** français et le deuxième du ***s*** français.
	TH	**bath** *baTH*		
u	*eu*	**cut** *keut*	***euh***	Dans une syllabe accentuée, le ***u*** se prononce généralement *eu* quand il précède une consonne seule ou une double consonne et *iou* quand il précède une consonne suivie d'un ***e***.
	iou	**cute** *kiout*	***pioupiou***	
w	*ou*	**what** *ouate*	***week-end***	Le ***w*** se prononce toujours *ou*, comme dans ***week-end***.
wr	*r*	**wrap** *rap*	***racine***	En position initiale, le ***w*** ne se prononce pas devant ***r***.

Pour aller plus loin

Crédits photographiques

© Shutterstock.com
© Adobe Stock
© Thinkstock

PAPIER CERTIFIÉ

LAROUSSE s'engage pour l'environnement en réduisant l'empreinte carbone de ses livres. Celle de cet exemplaire est de : 850 g éq. CO_2
Rendez-vous sur www.larousse-durable.fr

Achevé d'imprimer chez Estella Graficas en Espagne
Dépôt légal : janvier 2021 – 327478/03
N° de projet : 11056451 - juin 2024